思想觀念的帶動者

文化現象的觀察者

本土經驗的整理者

生命故事的關懷者

心靈工坊

PsyGarden

Caring

生命長河，如夢如風

猶如一段逆向的歷程

一個掙扎的故事，一種反差的存在

留下探索的紀錄與軌跡

陰道獨白

The Vagina Monologues

作者—伊芙・恩斯勒（Eve Ensler）
譯者—丁凡，喬色分

獻給亞利爾（Ariel），他震撼了我的陰道和我的心

紀念我親愛的朋友巴伯・凡奈爾（Bob Fennell），
他保護我，帶領我往前。
我想念你。

目錄

陰道運動就是女權運動

勵馨基金會　執行長　紀惠容

勵馨基金會二〇〇五年引進《陰道獨白》在臺灣演出，推動終止暴力的女權運動。

十年間，我們大膽鼓勵女性的社工、諮商師、被服務的個案、志工、名人，甚至跨性別等非專業演員，也就是所謂的素人，上舞台演出《陰道獨白》、舉辦陰道工作坊、頒發陰道戰士獎，每年持續辦理，從不間斷，甚至也嘗試整理、演出幾個臺灣版的獨白，並催生「光腳的愛麗絲」劇團。

勵馨為什麼如此熱衷與堅持，能夠持續十年而不輟？因為我們看到它的力量與影響力，這是一場另類終止暴力的女權運動。女人透過戲劇、大聲說陰道，與自己的身體終於有了連結，長出力量，開始去反擊、翻轉詛咒與傷害。

《陰道獨白》所衍生的張力與影響力是史所未見，劇作家伊芙·恩斯勒石破天驚的說出長久以來禁忌的「陰道」兩個字，還把它書寫成獨白劇本。勵馨十年演出印證了，當女人勇敢述說她們的陰道故事，說出陰道的慾望、勝利、羞恥和冒險時，女人重新找回自己的身體，也找到彼此，也才有力量一起翻轉原本卑微、不堪的地位與權力。

最讓我震驚的是，勵馨所服務的受暴者，居然在參與多年《陰道獨白》演出與陰道工作坊之後，可以整理自己的陰道故事，甚至在觀眾面前說出自己的陰道故事。她們的故事激勵了許多同樣經歷的受暴者勇敢求救。

是的，這就是勵馨想達成的，讓受暴者從受害者、倖存者，變成有力量的倡議者。勵馨所培育的「光腳的愛麗絲」劇團、「葛洛斯」少女劇團，就是在這樣的信念之下催生而成。如今，她們可以走出去，到學校、到社團、到社區去演出，宣揚終止暴力理念。

另外，令人感動的是男性觀眾朋友在觀賞完後的分享，說出柔軟的情感與內心話，如，「我要回家好好欣賞太太的陰道！」、「謝謝媽媽讓我從陰道出來」、「我一定要對陰道友善」、「希望有人寫陰莖獨白」、「我承諾善待女性朋友」。他們願意成為終結對女性暴力的支持者。

但是，誠如伊芙．恩斯勒說的，「我們打破了很多障礙，我們改變了對話的情境，我們找回了我們的故事和聲音，但是我們仍未解除或解構造成暴力的固有文化底蘊與原因。」

舉個例，曾有媒體來採訪「陰道獨白」演出記者會，播出的畫面，居然把拍到的背板「陰道」兩字上了馬賽克，訪談中談到陰道兩字，也被自動消音了。陰道為何要受到如此待遇呢？這不就是背後結構性的迷思嗎？

由此可知「終結對女性的暴力」還有一條很長的路要走。勵馨不只要演《陰道獨白》，更要大聲說陰道，直到暴力終止。陰道權力也是女性權力，勵馨用《陰道獨白》、V－DAY運動，推動女權革命、開啟對話、解構暴力，十年演出，只是開端而已。

十周年紀念版前言

真是令人難以置信，自從我首次在紐約市的小戲院「這裡」（HERE）說出「陰道」兩個字，已經幾乎十五年過去了。我第一次唸這些獨白時，最恐懼的就是我是否能夠從口中說出這些字眼。當時的我顯然無法預料到接下來發生的一切，包括後來以「終止對女性的暴力」為目標的社會運動，以及《陰道獨白》本身的生命。一開始的時候，我甚至沒想過要寫個劇本。我那時是紐約下城區的一個不太有名的劇作家。我心想，一齣關於陰道的戲應該會永遠鞏固我的身分。

過去十五年裡，如果說我學到了任何事情，那就是：兩個對立的思考可以同時存在。《陰道獨白》是我寫過最激進的戲，結果卻成為主流社會最能接受並廣邀演出的戲。我說出了不應該說的那個字眼，卻讓我在世界上有了聲音。這齣戲說的是非常私密的女性故事，以及她們的私處，卻催生了終結對婦女施暴的全球性社會運動「V－DAY」。

說到置身於對立處境中這件事，我現在明白了。正因為我處在《陰道獨白》和V－DAY運動之間，處在劇場渾沌曖昧的能量與沒那麼微妙的社會運動之間，我才得以伸展，並受到啟發。藝術讓社會運動更有創意、更大膽，社會運動則讓藝術的焦點更明確、更紮實、更危險。兩者能夠成功祕訣都在於：一方面避免意識形態或固守教條，另一方面避免破碎不全和不負責任。祕訣在於建構某種基礎，也就是劇本和社會運動的目的，然後信任個人和團體，讓他們將自己的視野、文化和創意帶入其中。祕訣就是創造一些既具體又流動的東西，可以迅速散播，同時具有健全完整的特質；可以讓許多人擁有並改變它，而且具備某些要素和法則，好讓那些改變得以實踐。祕訣就是活在矛盾之中，卻同時維持原則、信念和目標。

我相信，V－DAY運動之所以能夠如此迅速地散布到全世界，其核心特質與能量正是這個衝突。說出「陰道」這兩個字、在小村莊或保守的城市演出、令人意想不到的演員（牧師、醫生、電信局員工、國會議員）、不尋常的演出場地（教堂、猶太教堂、女人家的客廳、運動場、工廠）都讓人產生興奮和危險的感覺，讓這齣戲得以用四十五種語言在一百一十九個國家演出，募得將近五千萬美元的捐款[1]，經由草根運動，邁向「終止對婦女施暴」的目標。

其實還有許多勝利故事。女性在從未有人說出「陰道」二字的地方，把這個詞說了出口。女人站起來反抗地方政府、國家當局、宗教力量、父母、丈夫、朋友、學校行政主管、大學校長，以及她們自己內在不斷批判和審視的聲音。全球各地的大學生，把V－DAY當成每年的重要活動（已經有人注意到，每所大學裡一定有兩樣東西：星巴克和V－DAY）。女性重新找回自己的身體，說出她們被侵犯的故事，說出她們的慾望、勝利、羞恥和冒險。女人找到自己的力量、聲音和領導能力，成為「意外的社會運動者」。女人找到彼此，為世界其他地方的女性發聲，把那些令她們身體麻痺、侵蝕她們能量的記憶釋放出來。女人們站在舞台上，緊張不已，穿著紅色和粉紅色的衣裳，帶著紐約口音、南方口音、非洲口音、北美原住民口音和英國口音，演說、尖叫、低語、大笑和呻吟。

有好多故事，好多意象。大約三十位年紀介於七十到九十歲的慰安婦，舉著拳頭，高喊「普吉」——塔加拉（Tagalog）族語的「陰道」——她們其中大部分的人一輩子沒說過這兩個字。冰島總統公開說自己是陰道戰士。當第一座V－DAY安全之家啟用時，數百位肯亞女孩在非洲豔陽下跳著舞；在這裡，她們可以逃過割除陰蒂的惡夢。海地角（Cap Haitien）的一所天主教女校湧進了五百多位民眾，現場充斥著狂熱的男性觀眾無禮地向演員回話。在海地的太

1　截至二〇一四年中文版出版時，這齣戲已在一百六十七個國家中演出，所募得金額超過一億美元。

子港，嗚笛的武裝車隊駛過街道，所有車上都掛著標語：「終止對女性的暴力」。剛果民主共和國首都布卡武（Bukavu）潘吉醫院（Panzi hospital）的護士們朗讀《陰道獨白》，在屋頂上釋放了剛果人的呻吟。巴基斯坦伊斯蘭馬巴德的女人穿著紅色的傳統服裝和紗麗，為阿富汗來的姐妹們表演——每個人都又笑又哭。在墨西哥的華雷斯城（Ciudad Juárez）街頭，從世界各地來的幾千人進行V－DAY遊行，呼籲停止謀殺和殘害女性。我們首次將V－DAY活動獻給非裔美國人、亞洲人和拉丁美洲人的那天，極有才華的紐約演員瑪麗·艾莉斯（Mary Alice）在哈林（Harlem）阿波羅戲院（Apollo）演出高潮，轟動全場。我們坐了十四小時的客運公車，去印度的喜馬偕爾邦（Himachal Pradesh），為女性庇護所開幕。羅馬市長為V－DAY高峰會揭幕。在舊金山的V－DAY走廊上，人們穿過兩公尺長的陰道。一位被強暴的波士尼亞（Bosnia）女性的獨白「我的陰道是我的村莊」，在聯合國和麥迪遜廣場花園

（Madison Square Garden）演出，而在波士尼亞則由曾經親身經歷了波士尼亞內戰的大學生演出，這段獨白還曾經在皇家亞伯特廳（Royal Albert Hall）、約翰尼斯堡、馬其頓和雅典演出。在布魯塞爾舉辦V－DAY歐洲高峰會時，演員用七種語言演出《陰道獨白》。貝魯特時報（*Beirut Times*）上的一篇阿拉伯文報導中，「陰道」這個字眼是唯一的英文，非常顯眼。印第安保留區的拉皮德城（Rapid City），演員發給觀眾紅色羽毛。在美國華府，一群聽障女性演出《陰道獨白》，觀眾學著用手語說「陰蒂」。陰道T恤、棒棒糖、紀念章、拼布被單、玩偶、內褲、海報、投票、態度和風格。

發生了這麼多事。有了這麼多的改變。我們現在可以看到，某些地方的暴力事件確實減少了，或是完全消除了，或是大家的意識非常清楚的轉變了。我們有許多重大的勝利。

當然，也有相反的一面。對女性而言，世界還是極不安全。暴力節節升高。戰爭無法避免。

去年，V－DAY的聚光燈放在戰爭前線的女性身上，我去了海地和剛果。我在歐洲和美國與無數的婦女見面。我和埃及、約旦、摩洛哥、伊拉克、黎巴嫩和阿富汗的姐妹們見面。

在海地，我發現強暴原本就被視為戰爭工具，而現在根本就是常態，隨處可見——每個月都有幾百位女性提出被強暴的告訴。

在剛果，我聽到了對女性施暴的恐怖故事，令人心神不寧：成千上萬的婦女和女孩被性虐待和強暴。

在北美洲和歐洲，我還是聽到許多女性在大學被強暴、在家裡被毆打、在街上被販賣的故事。

美國入侵伊拉克之後，發生了許多侵犯女性權益的例子，為了家族榮譽殺害女性、強暴和謀殺的比例都在上升之中。

在阿富汗，軍閥、強暴者和謀殺者奪取了政權，塔利班要回來了，女孩不敢去學校，女老師被謀殺，勇於發言的國會女議員受到威脅、審查。

在埃及以及整個非洲，女性還是要做陰部割禮——每年將近兩百萬人。

我們打破了很多障礙，我們改變了對話的情境，我們找回了我們的故事和聲音，但是我們仍未解除或解構造成暴力的固有文化底蘊與原因。我們尚未滲透每個文化都有的心態；這種心態允許暴力、期待暴力、等待暴力發生、教唆暴力發生。我們還是教導男孩否認自己也會害怕、懷疑、依賴、哀傷、脆弱、開放、溫柔、有同情心。

我們還是沒有選出拒絕用暴力解決問題的領袖人物，自己也還沒有成為那樣的領袖，所作所為的一切目的就是終結暴力，而不是累積更多的武器，或是證明自己多麼有男子氣概，多麼地不服輸。我們選出的領袖，還不了解他無法一面嘴裡說會保護女人與兒童，一面支持轟炸伊拉克。你以為自己保護的是哪些兒童啊？我們選出的領袖還不瞭解國際性的佔領、強勢和侵略同時也會影響國內家庭裡發生的事情。我們尚未選出那樣的領袖人物，擁有足夠的勇氣，願意以「終結對女性的暴力」為選舉或執政的核心議題。

我們還是沒有讓「對女性的暴力」變成「不正常、非常少見、無法接受」的行為。我們尚未打破人性核心的結構——恐懼去愛，卻不恐懼殺戮。

如果我們要終止對女性的暴力，整個故事必須改變。我們必須檢視羞恥、羞辱、貧窮和種族歧視，以及「在世界的背上建構帝國」如何影響彎著腰的人們。我們必須說，在女人身上發生的事情將影響每一個人，而且影響深遠。

其實，為了終止對女性的暴力而募款，也會使焦點偏離，將焦點和人性分開，和我們日常生活的每一個當下的片刻分開。它創造了一種奇特的分裂，怪異地如同虛構的小說一般。我們捐贈三百萬美金防治強暴。我們將抽象而完整的事物變成具體而片斷。我們需要募款，而大家喜歡為了具體的目的捐款——

非洲的安全之家、約旦的工作坊、剛果的婦女醫院。我們組織了反暴力的社會運動，建立了中途之家、協助專線和女人可以獲得安全的地方。雖然這些確實很重要，但是它們使得大家的注意力放在事情或地方上，而不是議題上。我們在意的是「拯救」，而不是「轉變」。

而真正需要改變的是文化——信念、文化之下潛在的故事和行為。「終止對女性的暴力」不是某種利他行為而已，不是為了「做好事」而做的。你甚至無法為這個目標制定法律，雖然法律確實可以協助保護女性、改變思考和行為。

我從一開始就說了，「終止對女性的暴力」不應該是我們以後才要做的事情。政府、世界組織（例如聯合國）、基金會、地方和世界領袖們，還是沒有將此議題列為第一要務，尚未挺身上前，站在舞台中央，用他們的能量、資源和意志力來改變這一切。這麼多年了，我們仍然奮戰著，爭取一點點殘屑——

道德上、政治上、經濟上皆然。V－DAY已經比世界上任何其他機構募到更多的錢來終止對女性的暴力，而這不是好消息。我們一年可以募到四到六百萬美金，這個數字只夠支撐伊拉克戰爭的十分鐘的花費；地球上，三分之一的女性將被毆打或強暴。你自己算算看吧。

女性不是邊緣、不重要的族群。我們是世界上超過一半的公民。發生在我們身上的事情決定了一切。如果我們被毆打、受到創傷，我們的孩子會將這些創傷埋在他們的基因裡，影響他們長大成為怎麼樣的人。如果我們的自尊心被毀掉，我們的女兒將很難建立自信，或根本不可能有自信。如果我們被男人侵犯、強暴、虐待，我們的兒子將見證這一切，承受我們的苦楚。

「終止對女性的暴力」其實是關於我們每個人願意努力成為不一樣的人。它意味著不接受使用暴力來做為壓迫的手段——在家裡或在世界上皆然。但是要達到這個目標，我們必須檢視暴力的根源何在。為什麼女性仍然被迫安靜、被控制、受到削弱、受到限制？如果她們都安全且自由，會怎麼樣呢？

終止對女性的暴力意味著開放自己，接受女性偉大的力量、女性的神祕、女性的心、狂野無限的性和創造力——而且毫無畏懼。

伊芙・恩斯勒，二〇〇七年九月

前言

葛羅莉亞・史坦能
（Gloria Steinem[2]）

我來自「那邊」的時代。家族裡的女性都用「那邊」這個字眼代表整套女性生殖器官，包括露在外面和藏在身體裡面的部分，而且極少提到，提到的時候聲音非常的小。部分倒不是她們沒聽過陰道、陰唇、陰戶或陰蒂這些字眼。事實正好相反，她們是受過訓練的教師，比大部分的人擁有更多的資訊。

她們甚至不是沒被解放的女性，也不是她們口中所謂的「刻板」女性。祖母為她的基督教會寫佈道講稿賺錢——她自己完全不相信裡面的任何一字——還靠著賭馬賺了更多的錢。另一位祖母支持婦女參政權，她是教育家，甚至是早期婦女參政的競選人，使得她身處的猶太社群大為緊張。我自己的母親在生我之前是前衛的新聞記者，她養育我跟姊妹倆的方式，比她自己童年受到的教育更為開放，並引以為傲。我不記得她曾經用過任何汙蔑女性身體的俚語，未曾讓女性身體沾上骯髒丟臉的感覺，我為此深為感激。你在這本書裡可以看到，許多女孩成長時，揹負了更大的負擔。

即便如此，我也從未聽過任何正確的字眼，更沒聽過任何驕傲的字眼。例如，我從未聽過「陰蒂」一詞。多年後，我才知道女性擁有人類身體唯一只為了感受歡娛而存在的器官（你能夠想像如果男人也有這樣的器官，他們會多常將這件事掛在嘴邊，並且賦予正當性？）。我在學習如何稱呼、拼寫或照顧自己身體時，大人會教我身體的各個部位名稱——除了不可提及的那邊。這讓我無法保護自己，無法對抗在學校裡聽到的各種羞恥的字眼、骯髒的笑話。後來，我也無法對抗大家認為男人（無論是情人或醫生）比女人更瞭解女人身體的信念。

大學畢業之後，我去印度住了幾年，首度窺看到本書中描寫的自我瞭解和

2 史坦能是美國一九六－七〇年代婦女解放運動的代表人物，她於一九六九年發表過一篇文章支持墮胎，成為美國女權主義者的領導人物。

自由的精神。在印度廟宇和聖殿中，我看到男性生殖器的抽象符號，也首度看到女性生殖器的抽象符號：花朵的形狀、三角形或兩頭尖尖的橢圓形。我得知，幾千年前，人們崇拜女性生殖器的符號，認為比男性生殖器的符號更為強大有力。這個信念後來成為譚崔（Tantrism）教派的基礎，其核心教義就是：除非男性經由性與情緒，和女性更高級的性靈能量結合，否則男性將無法達到性靈滿足。這個信念極為深入人心，廣受大眾接受。即使是後來某些排除女性的一神論宗教，也在其傳統中保留了一部分，雖然主流宗教領袖直到現在仍然將這個信念邊緣化、否定、視為異端。

例如：諾斯替（Gnostic）基督教徒崇拜蘇菲亞（Sophia），將她視為女性的聖靈（Holy Spirit），並認為抹大拉的馬利亞（Mary Magdalene）是耶穌門徒中最有智慧的一位；譚崔密宗仍然認為涅槃存在於女性陰戶中；伊斯蘭的蘇菲（Sufi）神祕祕教派相信只能經由女性的精神（Fravashi）達到無我（fana）；

猶太的神祕祕教派神顯派（Shekina）是某種性力派（Shakti），信仰上帝的女性靈魂；即使是天主教也崇拜聖母瑪麗亞，對聖母的關照比對聖子的還多一些。亞洲和非洲的許多國家，以及世界上其他地方，神祉不只是男性，也有女性，聖壇上經常看到蓮花座中放著珠寶，以及其他同樣代表男性器官置於陰戶中的象徵。在印度，印度教的女神難近母（Durga）和時母（Kali）都具體代表女性陰戶生與死、創造和毀滅的力量。

我回到美國時，美國對女性身體的態度和印度與陰戶崇拜還差了十萬八千里。六〇年代的性革命，只不過是讓更多女性願意跟男性發生關係而已。五〇年代時說「不」，六〇年代時穩定而熱切地說「好」。從父權宗教到佛洛伊德，從性行為的雙重標準到單一標準的父權／政治／宗教將女性身體視為生殖工具來控制，這一切直到七〇年代的女性主義運動，才有了新的出路。

對我而言，我的種種感覺和回憶象徵了早期的發現時代。我走過洛杉磯茱蒂・芝加哥（Judy Chicago）的「女人屋」（Women House），每個房間都由不同的女藝術家創作。在那裡，我首次發現了自己文化中的女性象徵符號。例如，愛心的形狀完全對稱，長得很像陰部，倒不那麼像不對稱的心臟。「愛心」極可能是殘存的女性生殖器官符號，經過了好幾世紀的男權統治，從權力象徵變成了浪漫象徵。或是和貝蒂・道森（Betty Dodson，你將在劇本中讀到她）坐在紐約咖啡館，試著表現得很酷；她開心地解釋手淫是解放自己的力量，旁邊不小心聽到的人都像被雷打了似的。或是在《女士》（Ms.）雜誌社的佈告欄上發現眾多有趣標語，其中一張寫著：「晚上十點了，你知道自己的陰蒂在哪裡嗎？」女性主義者開始把「陰戶力量」（Cunt Power）印在胸章和T恤上，重新宣示「陰戶」兩字的主權，我可以感受到古老力量重新建立起來了。畢竟，印歐語系裡的「陰戶」（cunt）是從時母的頭銜Kunda或Cunti[3]而來，字源和「家人」（kin）、「國家」（country）相同。

過去三十年，針對女性身體的暴力行為不斷地被揭露出來，女性主義見證了人們對此現象深刻的憤怒。無論是強暴、性侵孩童、對女同性戀者的暴力對待、虐待女性、性騷擾、針對生殖自由的恐怖主義，或是遭國際社群視為犯罪的割除女性生殖器官行為。這些隱藏的經驗被公開披露出來，加上具體明確的陳述，將我們的憤怒轉化成正面的行動，以減少或療癒暴力，於是女性才能得到救贖。說出真相所帶來的能量，成為一波又一波的創造力，這個劇本和這本書便是其中之一。

伊芙・恩斯勒訪談了兩百多位女性，然後將內容寫成在劇場演出的詩篇。當我首次去看她演出時，我心想，我知道她在做什麼。這是一趟說出真相的

3 梵文本意是「卷曲」。

旅程，我們過去三十年都在做這件事。它確實是。女人把自己最私密的經驗交給了她，從性行為到生產，從對女性的祕密戰爭到女女戀愛的自由。每一頁都有力地說出了不可言說的一切，還有這本書背後的故事。一家出版社付了預付金，然後清醒過來，再三思索之後，讓恩斯勒把錢留著，但是請她帶著這本書和裡面的字眼去找別家出版社。感謝維拉德（Villard）出版社願意出版這些屬於女人的字眼——包括書名裡就有的這個字眼。

《陰道獨白》的價值不僅僅是淨化過往的負面態度。它提供了一條個人的、扎根於身體的路，讓我們得以往前，面對未來。我想，無論男、女讀者讀完本書，都會覺得自己更自由了，對待彼此的態度也更自由——不再用舊有的父權二元思維劃分女性／男性、身體／意識、性／靈；這些二元分化，源自我們將自己劃分為「可說」和「不可說」的兩個部分。

如果書名裡就有「陰道」這個字眼的書感覺離哲學和政治的問題很遙遠，

我願意提供一個晚了點的發現。

七〇年代，我在美國國會圖書館（Library of Congress）做研究，找到一項罕為人知的宗教建築歷史資料，作者似乎認為大家都知道這個一般常識：大部分父權聖堂建築的傳統設計都在模仿女性身體。外面的大門和裡面的大門是大陰唇和小陰唇；中間的陰道（走道）通往聖壇；兩邊各有一個橢圓形卵巢似的結構；奇蹟在神聖的核心發生，也就是象徵子宮的聖壇——在這裡，男性也能生產。

對我而言，這是新的觀念，但卻擲地有聲、正中要害。我心想沒錯，父權宗教的核心儀式就是男人經由象徵性的生產，奪取陰戶的創造力。怪不得男性宗教領袖常常喜歡說人類從出生就有原罪——因為我們是從女性身體裡生出來的。只有服從父權的統治，我們才能經由男性重新誕生。怪不得神父和牧師穿著長裙，在我們頭上灑著象徵誕生時的液體，給我們新的名字，保證我們可以重生，擁有永恆的生命。怪不得男性神職人員試圖阻止女性站上聖壇，正如女性也被剝奪了控制生產的權力。無論是象徵或真實，這一切都關乎如何控制女性身體裡的力量。

從那時起，我每次進入父權宗教建築結構時，不再感到以往的疏離感。反而，我走下象徵陰道的通道，計劃著如何和不願毀謗女人性能力的神職人員——女性或男性——一起奪回聖壇，把男性獨占的創世神話擴及兩性，讓關於性靈的語言和符號百花齊放，在宇宙萬有中重建上帝的精神。

如果，推翻五千年父權主義的任務看似過於龐大，那就專心慶祝每一小步的自我尊重吧。

看著小女孩在筆記本上畫著愛心圖案，用愛心裝飾所寫的字，我自忖：是否因為愛心圖案這麼像她們的身體，於是她們本能地被這個原始的形狀吸引？當我聽著一群大約二十位九歲到十六歲的女孩討論著，要用怎樣的字眼涵括一切——陰道、陰唇、陰蒂，這時我再度想到了這一點。她們討論了很久之後，決定最喜歡的字眼是「一綑力量」（power bundle）。重點是，她們的討論充滿了大呼小叫和笑聲。我心想：從小小聲地說「那邊」走到今天，這是一條多麼漫長的路。

我希望我的女性祖先們知道她們的身體多麼神聖。有了這本書裡駭人的聲音和誠實的語言，我相信，未來的祖母、母親和女兒們將能療癒自己——並療癒世界。

序

「陰道」。好啦，我說出口了。「陰道」。我又說一次了。過去三年，我一直在說這個詞。我在全國各地的劇院、大學、客廳、咖啡館、晚宴、廣播節目裡一說再說。如果可以的話，我也會在電視上說。我每次演出《陰道獨白》，整個晚上會說一百二十八次。為了寫這齣戲，我訪談了兩百多位非常不同的女性，談論她們的陰道。我連睡覺說夢話都會說「陰道」。我說，因為我不應該說。我說，因為這個字眼是隱形的——是會激起焦慮、尷尬、蔑視和厭惡的字眼。

我說，因為我相信，如果我們不說，我們就不會看見、承認或記得。我們不說的一切都將變成祕密，而祕密往往導致羞恥、恐懼和迷思。我說，因為我希望有一天，說這個字眼的時候能夠覺得自在，而不是覺得丟臉或有罪惡感。

我說，因為我們沒有一個合適的、涵括整體的字眼來描述整個陰部，以及其中的各個部位。「小貓咪」（pussy）可能是比較好的字眼了，但是仍然帶著太多的包袱。況且，當我們說「小貓咪」的時候，根本沒有人真正清楚那指的是什麼。「陰戶」（vulva）是個好字眼，比較明確，但是我也不認為大部分的人知道陰戶包括了些什麼。

我說「陰道」，因為當我這麼說的時候，我才能覺察到自己多麼的破碎，我的意識和我的身體多麼的缺乏連結。我的陰道在那裡，遙遠的一角。我很少好好的活在陰道裡，甚至不去拜訪它。我忙著工作、寫作；當母親、當別人的朋友。我沒有把陰道當成我的重要資源，一個滋養、幽默、有創造力的地方。那裡充滿緊張與恐懼。還是個小女孩的時候，我被強暴了。雖然我已經長大了，我的陰道已經做過成人會做的一切，但自從被強暴之後，我從未真正重新進入身體的這個部分。基本上，大部分時候，我只是活著，卻沒有了我的馬達、我的核心、我的第二顆心臟。

我說「陰道」，因為我要大家做出回應，而大家確實做出了回應。當《陰道獨白》到各地演出，或是以任何形式出現時，他們都試圖將「陰道」這個字眼刪掉；重要報刊的廣告、百貨公司賣的票、劇院掛的海報裡的「陰道」兩字都被刪除了，電話語音售票系統裡只說「獨白」或「V獨白」。

我問：「為何如此？『陰道』不是色情字眼；這是醫學名詞，描述身體的一部分，就像『手肘』、『手』或『肋骨』一樣」。

大家說：「或許不是色情字眼，但是很骯髒。如果我們的小女兒聽見了，我們要怎麼解釋？」

我說：「或許你可以跟她們說，她們也有陰道。如果她們還不知道的話。或許你們可以為此慶祝。」

他們說：「可是我們不把她們的陰道叫做陰道。」

我問：「那你叫它什麼？」

他們告訴我：尿尿的地方、下面、那裡、底下[4]……這些稱呼簡直沒完沒了。

我說「陰道」，因為我讀過統計數字。世界各地都有人對陰道做各種壞事：美國每年有五十萬名女性被強暴；世界上有一億女性的陰部被閹割；而這張清單永遠沒完沒了。我說「陰道」，因為我要阻止這些壞事再度發生。我知道，除非我們承認它們正在發生，否則這些壞事不會停止。我們必須讓女性能夠說出來，而不用害怕被懲罰或遭到報復。如此一來，這些壞事才有可能停止。

說出「陰道」兩字，令人非常害怕。一開始，你會覺得你在衝過一堵無形的牆。「陰道」。你會有罪惡感，覺得自己錯了，好像有人會把你打扁似的。

4 原文為 pooki，poochie，poope，peepe poopelu，皆為稱呼女性陰部的俚語。

然後，說了一百次或一千次之後，你會發現，「陰道」成為了你的字眼、你的身體、你的最重要的地方。你忽然明白，之前說出這個字眼的時候，你所感覺到的所有的羞恥和尷尬，其實就是為了讓你閉嘴，不敢表達自己的慾望，並且徹底摧毀你的野心。

然後你開始越來越常說這兩個字。你帶著熱情、急切地說它，因為你知道，如果你不說，恐懼會再度征服你，你會退回到尷尬的低語。所以你到處說它，在每次對話中都提到它。

你為自己的陰道感到興奮；你研究它、探索它、跟你自己介紹它、找到傾聽它的方法、給它愉悅，並且讓它保持健康、智慧與強壯。你學著如何滿足自己，並教你的愛人如何滿足你。

無論身在何處，你整天覺察到你的陰道——在你的車裡、超市、健身房、辦公室。你覺察到這個寶貴的、美好的、可以讓生命誕生的部分，就在你的雙腿之間。它讓你微笑；讓你為它感到驕傲。

當越來越多的女人說這兩個字，「說出口」就越來越不是那麼嚴重的一回事；它成為你的語言的一部分，我們人生的一部分。我們的陰道變得完整、受尊重、神聖。它成為我們身體的一部分，和我們的意識連結起來，幫我們的心靈加油。羞恥離開了，侵犯停止了，因為陰道被看見了，它是真實的，它們和強壯有力、有智慧、談論著陰道的女人相連。

有一條遙遠的旅程正等著我們。

我們才剛開始呢。在這裡，我們可以思考我們的陰道，學習別的女人的陰道經驗，聆聽故事及訪談，回答問題、提出問題。在這裡，我們釋放迷思、羞恥和恐懼。在這裡，我們練習說這個字眼，因為，我們知道，就是這個字眼讓我們繼續前進，解放我們。「陰道」。

陰道獨白

我敢打賭，你們在擔心！我就曾經很擔心，這就是我開始寫這個作品的原因。我擔心陰道，擔心關於陰道我們在想些什麼，更擔心我們根本就沒有想過什麼。我擔心我自己的陰道；它需要一個由其他人的陰道所形成的脈絡——一個陰道社會，一種陰道文化。陰道被極度的黑暗與太多的祕密環繞著，就像是「百慕達三角洲」，從來沒有人知道那裡蘊藏著什麼。

首先，光是要去找到你的陰道在哪兒，就不是一件簡單的事。女人們長時間不去看它，幾星期、幾個月、甚至許多年。一個很有能力的女企業家在接受我採訪時，她說，她很忙；她沒有時間。她認為看陰道這件事得要耗上一整天。你得躺在一面鏡子前，而且是那種可以照見全身的鏡子；然後你得找到一個最佳的角度，打上最佳的燈光，避開你對準鏡子時造成的任何陰影。接著你得把自己的身體捲成一團，弓起頭部、彎曲腰部。到那個時候，你早就筋疲力竭不成人形了。所以，她說她沒有時間做這件事，她太忙了。

於是我開始和女人們聊她們的陰道，並進行採訪，而那些訪談就變成了這部作品《陰道獨白》。有兩百多個女人接受了我的採訪，在她們當中，有年老的、年輕的、已婚的、單身的、同性戀者，職業上有當大學教授的、做演員的，各種團體的專業人士、性工作者，還有非裔美國女人、西班牙女郎、華裔美國女人、美洲印地安女人，以及白種女人和猶太女人。剛開始時，女人們都不太願意談，她們有點害羞；可是一旦她們開口聊了，就別想讓她們停下來。其實私底下女人們很喜歡談她們的陰道，談自己的陰道會讓她們很興奮，主要是因為之前從來沒有人問過。

那就從「陰道」這個詞開始吧！在最好的狀況下，它聽起來也還是像一種傳染病，或是一個醫學儀器，就像在說：「護士啊！快點幫我把陰道拿來。」

「陰道」，「陰道」，無論你把這個詞說上幾遍，它聽起來就是跟你想要說的那個詞不一樣。它是一個極其荒謬、毫不性感的詞。如果你在做愛時使用這個詞，企圖政治正確地表達——「親愛的，你能摸摸我的陰道嗎？」親愛的應該會馬上性趣缺缺吧！

我擔心陰道，擔心我們應該叫它什麼，或者不該叫它什麼。

在格瑞德尼克（Great Neck）這地方，人們叫它[5]pussycat（小貓咪）。一個女人說，她媽媽曾經告訴她：「親愛的，穿睡衣的時候，就不要再穿內褲了，你得讓你的小貓咪透透氣。」在威徹斯特（Westchester），人們叫它pooki，在紐澤西，叫它twat。還有其他叫法：powderbox（粉

5 以下皆為稱呼陰道的俚語或用法，此處保留原文，並以括弧標註中文涵義；狀聲詞及名字則不譯出。

盒），derrière（臀部）、poochi（狗兒）、poopi、peepe（尿）、poopelu、poonani、pal（朋友）、piche（小狗）、toadie（蟾蜍）、dee dee、nishi、dignity（尊嚴）、monkey box（猴子籠）、coochi snorcher、cooter、labbe、Gladys Siegelman、VA、wee wee （撒尿）、horsespot（馬的斑點）、nappy dugout（尿布防空洞）、mongo（笨笨的人）、pajama（睡衣）、fannyboo（芬妮兒）、mushmellow（棉花糖）、ghoulie（屁股）、possible（可能性）、tamale（墨西哥粉蒸肉）、tottita （西班牙蛋餅）、Connie（小康妮）。另外，在邁阿密叫Mimi（咪咪），在費城叫它split knish（裂開的餡餅），在布朗克斯叫它 schmende 。我真的為我們的陰道擔心！

有些獨白是訪談一個女人的逐字紀錄，有些獨白則是將幾個訪談拼湊在一起。其中有些訪談，我只是開個頭，彼此就能自然地相談甚歡。以下這個獨白幾乎就是當時我所聽到的內容。然而，其中談到的主題會在每一個訪談中出現，而且往往令人焦慮不悅。這個主題就是——

陰毛

除非你喜歡女人的陰毛，否則你不會喜歡女人的陰道。很多人不喜歡陰毛。我的第一個、也是唯一的丈夫就非常討厭陰毛。他說陰毛看起來雜亂而且骯髒。他總是要求我剃毛，讓我的陰道看起來肥滿又暴露，就像個年輕小女孩，他會因此感到興奮。當他跟我做愛時，我的陰道就像是剛刮過鬍鬚的下巴，摩擦它時產生的刺痛就像是抓破了蚊子叮咬的地方，皮膚發紅腫脹，像是被火燒到似的。當陰毛又長出來的時候，我拒絕再剃掉。然後我的丈夫就有了外遇。當我們做婚姻治療時，他宣稱他之所以在外面鬼混，是因為我不能滿足他的性需求，因為我不願意剃掉陰毛。治療師講話時帶著濃重的德國口音，並且在每句話之間都要倒抽一口氣，好像在藉此表示她的同理心似的。她問我為什麼不願意滿足我的丈夫？我告訴她，我覺得我丈夫的那種做法很古怪，下面沒有陰毛，我整個人就像個小孩子，不由自主地用娃娃音說話，而且皮膚發炎過敏，用再多的潤膚乳液也沒有用。可是醫生勸我說，婚姻是需要妥協的。我問她，如果我剃掉陰毛，我的丈夫是不是就不會出去鬼混了？還有，她以前是否遇過許多類似的案例？她認為，問這些問題只會削弱治療效果。我需要真正的投入。她相信只要我肯剃掉陰毛，就會是一個好的開始。

之後，我和丈夫回了家，他馬上要求幫我剃陰毛，彷彿這是療程後的獎勵品。他在我身上刮了好幾遍，一縷血絲湧出，流進浴缸。他根本沒有注意到，因為他完全沈浸在幫我剃陰毛的喜悅之中。接著，我丈夫興奮地撲到我身上，我可以感覺他那堅硬的傢伙刺進我，進入我赤裸腫脹的陰道。那兒已經失去了保護，失去了那層柔軟的毛髮。

終於，我體會到那層毛髮長在那裡的原因——它，是擁戴紅花的綠葉；它，是圍繞房屋的草坪。缺一不可，你必須先喜歡那層毛髮，才能真正的愛上你的陰道。你不能只挑你想要的。另外補充一下，我那個丈夫還是照樣鬼混，從來沒有停止。

我訪談女人時，會問她們同樣的問題，然後從中選出我最喜歡的答案。不過我告訴你，我從來沒聽到哪一個答案是我不喜歡的。我問她們：

「如果要打扮你的陰道，你會讓它穿上什麼？」

一頂貝雷帽。

一件真皮夾克。

絲襪。

貂皮。粉紅色圍巾。男性穿的晚禮服。

牛仔褲。

最合身的東西。

祖母綠。

一件晚宴長袍。
亮片。
只穿亞曼尼（Armani）。
一件芭蕾舞短裙。
透明的黑色內褲。
一件塔夫綢舞會禮服。
可以用洗衣機洗的。
扮裝用的眼罩。
紫色的天鵝絨睡衣。
安哥拉羊毛。
一個紅色領結。
銀貂和珍珠。

一頂插滿鮮花的大帽子。
一頂豹皮帽。
一件真絲和服。
眼鏡。
運動褲。
紋身。
裝上電擊裝置，驅離不受歡迎的陌生人。
高跟鞋。
蕾絲以及戰鬥靴。
紫色的羽毛、嫩枝與貝殼。
純棉的。
圍裙。

比基尼。
雨衣。

「如果你的陰道會說話，它會說些什麼？三言兩語說說看！」

慢一點。

是你？

餵我。

我要。

唔唔。

哦，對！

再來。

不，那兒。

舔我。
留在家裡。
勇敢的選擇。
再想想。
還要，拜託。
抱我。
咱們來玩。
不要停。
多一點，多一點。
記得我嗎？
進來裡面。
還沒到。

哇，媽呀。
對，對。
搖我。
進來，但後果自行負責。
哦，天啊。
感謝主。
我在這。
我們走。
一起走吧！
發掘我。
謝謝你。
日安。

太硬了。

別放棄。

布萊恩在哪裡？

好多了。

是的，就這兒，就這兒……

我採訪了一群年齡在六十五到七十五歲之間的女人。在所有訪談中，這些訪談最椎心刺骨，可能是因為她們當中很多人從來沒有跟別人談過陰道，而且不幸的是，她們大部分都和自己的陰道沒有什麼有意識的關係。這使我著實慶幸自己成長於女性主義的時代。一個七十二歲的女人說她從來沒有正眼看過自己的陰道，她只有在淋浴的時候順便碰一下，從來就不是那種有目的、有意識的碰觸。她從來沒有過性高潮。她七十二歲時去做了心理治療，在治療師的鼓勵下，某天下午她獨自回家，點上蠟燭，泡了個澡，放一些舒緩的音樂，然後她第一次發現了自己的陰道。她說，因為當時患有關節炎，所以做這件事花了她一個多小時，但是當她終於找到自己的陰蒂時，她哭了。下面這段獨白就是寫給她的。

潮水

〔猶太人，皇后區口音〕

下面？自從一九五三年起我就沒有碰過下面了。不，這跟艾森豪沒有關係。不，不，下面就像是個地窖，又潮溼又黏稠。你不會想到那兒去的，相信我。它會讓人感到不舒服、窒息，令人作嘔。那些黏黏的東西、那些黴菌還有所有的一切，它們那些味道。哎喲！聞起來真叫人難以忍受，甚至會滲進你的衣服。

不，那裡沒發生過什麼意外，它沒有著火、也不會爆炸或發生其他事。它其實沒那麼戲劇性。我的意思是說……好了，別在意。不，別在意，我只是不能和你談這些。真不知道為什麼像你這樣一個聰明的女孩，竟然到處跟老太婆們談她們的下面？當我還是個小姑娘的時候，我們就從來不會談論這些事。什麼？老天啊，好吧！

是有一個男孩，安迪．雷夫科夫。他很可愛——嗯，至少我這麼認為。他高高的，像我一樣，那時我真的很喜歡他。那天他開著車來約我出去……

我不能告訴你這些。我不能這樣，不能跟人談下面的事。你只知道它在那裡。像地窖似的。有時候下面那邊會發出點聲響。你會聽到水管聲，有些東西卡在那裡，像是小動物或其他什麼，然後它就潮溼了，有時候還得請人拿什麼東西把漏水的地方塞住。除此之外，那裡的門通常是關著的，你會幾乎忘了它的存在。我的意思是說，它就像是房子的一部分，但是你看不到它，也不會去想它，它只是在那裡，因為每棟房子都會需要這麼一個地窖。否則，你家的地下室早就變臥室了。

哦，安迪，安迪．雷夫科夫。沒錯！安迪長得真是好看，是一個值得去「釣」的對象，在我們那個年代都是這樣說話的。那天，我們在他的車子裡約會，那是一輛新的白色雪佛蘭跑車。我還記得那時我覺得自己的腿對車子座位來說太長了。我的腿很長，都頂到儀表板了。可就在我盯著自己粗大的膝蓋骨看的時候，他突然吻了我，就是電影裡常上演的「霸王硬上弓」那種吻法。我開始興奮起來，而且越來越興奮，接著，嗯，下面就開始出現一股潮水。我無法控制它。它就像熱情的力量、生命的河流，開始從我身體下面氾濫出來，它滲過我的內褲湧了出來，流到了那輛新的白色雪佛蘭跑車的坐墊上。那可不是尿，但它有一股味道——不過，老實說當時我沒有聞到任何氣味，但是他說，安迪說，他聞到了。他說那味道就像酸奶，而且弄髒了他的椅墊，又說我是一個「臭臭的怪女生」。我想解釋，是因為他的吻讓我毫無招架之力，我平時並不是這樣子的。於是，我試著用裙子把那股潮水擦掉。那是件新的淡黃色碎花裙，沾上那股潮水後看起來非常醜陋。安迪開車送我回家，一路上他沒再說過一句話。當我下了車，關上車門，我彷彿也關上了整家店，鎖上門，謝絕任何生意。後來，當我和一些人約會，只要想到我的下面可能會再流出些什麼，我都會十分緊張。於是能避就避，不願再讓它發生了。

我以前常常做夢，瘋狂的夢。噢！那有點傻。為什麼？因為伯特・雷納德（Burt Reynolds）6。我不知道為什麼，其實，在我的生活中他並沒有做過什麼，但是在夢裡……卻總是有伯特和我。伯特和我。伯特和我。我們會一塊出去吃飯，餐廳就是大西洋城裡常見的那種，會掛吊燈及諸如此類的那種大餐廳，數以千計穿著背心的侍者。伯特會給我一個蘭花胸針，我會把它別在西裝外套上。我們會笑，我們總是大笑。伯特和我吃著蝦、喝著雞尾酒。蝦又大又棒，我們笑得更開懷。我們在一起非常幸福。然後在餐廳的中央，他凝視著我的眼睛，並把我拉進他的懷裡，準備吻我——就在這時，整個屋子開始搖晃起來，一群鴿子從桌子底下飛了出來——我不知道這些鴿子藏在那裡幹什麼——一股潮水從我的下面開始流了出來。它是從我身體裡傾瀉而出的巨大洪流，奔流啊奔流。那裡面好像有些魚，還有小船，整個餐廳也都漲滿著水，而伯特站在我的潮水之中，水深及膝。他看起來對我十分失望，因為我又再度犯了同樣的問題，他驚恐地看著他的朋友狄恩·馬丁（Dean Martin）和其他與他同夥的人，穿著晚禮服，游啊游地游過我們身邊。

現在我不再做這種夢了。自從他們把跟下面那裡有關的東西都拿掉後，我就不再做這種夢了。他們拿掉了子宮、輸卵管、整組工具。醫生自以為說話很風趣。他告訴我，如果你不用它，你就會失去它。後來我搞清楚它其實是癌症，因此它周圍的東西都要被拿掉。反正，誰還會需要它？是吧？它實在被高估了。我也做了些別的事情呀，例如，我喜歡狗展，我也賣古董。

6 美國演員，曾獲金球獎最佳電影男配角獎。

我會給它穿上什麼？這是一個什麼樣的問題啊？給它穿上什麼？我會給它戴上一個大大的看板：

「洪水氾濫，停止營業。」

它會說些什麼嗎？我告訴你吧，那裡並不是這樣子的，它不會像人一樣地說話，因為它早就不再是那種會說話的東西。它只是一個地方，一個你不會去的地方，就像是在屋子的底下，門早就關上了。但它在下面，那裡。你高興了吧？你讓我說了——你從我這裡知道那些事了。你竟然讓一個老太婆跟你談她的下面，你現在感覺好多了沒？〔身體轉開；又轉回來〕

你知道，事實上，你是第一個讓我開口談論這些的人，現在，我感覺好一點了。

〈陰道事實〉

一五九三年在一次女巫審判中，一個負責調查的律師（已婚男性）顯然第一次發現有陰蒂這個東西，（他）認為它是一個魔鬼乳頭，並將其當做確鑿證據去定罪女巫。它是「一小塊肉，突出的樣子就像是個乳頭，約半吋長」，而獄卒「在第一次見識到之後，並無意宣揚，因為與其鄰接的，正是一個被認為不體面到見不得人的祕密地帶。」到最後，由於不願意再隱藏這麼一件奇怪的事情，他便透露讓不同的旁人看。他們從不曾看過任何像這樣奇怪的東西。而女巫，被判有罪。

——《女人的神話與祕密百科全書》
（*The Woman's Encyclopedia of Myths and Secrets*）

我訪談很多女人關於月經的問題。一種合唱氛圍開始形成，彷彿是一種狂野的集體歌唱。女人們的話彼此共鳴。我讓聲音像血液一樣在彼此之間流匯，而我自己也迷失了，在這流動中。

我十二歲。我媽賞了我一巴掌

二年級的時候，我七歲，我聽到哥哥在談論月經。我不喜歡他那種嘲笑的口吻。

我問我媽媽：「什麼是月經？」「它是一個標點符號[7]，」她說，「你把它放在一個句子結束的時候。」

我爸買了張卡片給我：「給我已經長大的小女孩。」

我很害怕。我媽媽拿了厚厚的衛生棉給我。我得把用過的衛生棉拿到廚房

7 「月經」與「句號」的英文原文皆為 period。

水槽下的垃圾桶。

記得我是最後一個來的。那時我十三歲。

我們全都希望它趕快來。

我是那麼害怕。我開始把用過的衛生棉放在牛皮紙袋裡，並藏在屋頂下黑暗的儲藏室中。

八年級時，我媽媽說：「哦，實在太好了。」

國中時——它來之前都會先滴褐色的液體。巧的是我腋下開始長毛，但是兩邊發育不平均：一邊有，一邊沒有。

我十六歲，有點怕怕的。

媽媽讓我服用可待因（codeine）。那時我們睡上下鋪。當晚我跑到下鋪，躺在那兒睡。我媽覺得很不舒服。

有一晚，我回家遲了，沒有打開任何燈，摸黑偷偷溜到床上。我媽媽發現了用過的衛生棉，把它們放在我的床單之間。

我那時十二歲，來的當時身上穿著內褲，還沒有穿衣服。站在樓梯上往下看，它就在那兒。

我往下看，看到血。

在我七年級時，媽媽多少注意到我的內褲，然後她拿紙尿布給我。

我媽很窩心——「我來拿一片衛生棉給你。」

我朋友瑪西亞來的時候，他們全家吃大餐替她慶祝。

我們都想要我們的月經。

我們都想要它現在就來。

我十三歲，那時候還沒有「靠得住」衛生棉，必須隨時注意裙子有沒有沾到。我是黑人也是個窮人。有天在教堂裡，我裙子的後面沾上經血。看不出來，但我有罪惡感。

我那時十歲半。沒有任何準備。內褲上出現咖啡色黏黏的東西。

她教我如何使用衛生棉條，但我只成功一半。

我將月經與無法解釋的異象聯想在一起。

我媽媽叮囑我說，我必須使用碎布。不能用衛生棉條。你不能放任何東西進去你的咪咪。

我用棉布塊。我媽媽教我的。她還給我伊利莎白泰勒紙娃娃。

十五歲。我媽說：「恭喜（Mazel tov[8]）。」然後賞了我一巴掌。我搞不懂它到底是好事，還是壞事。

我的月經，比較像是蛋糕還沒烤之前的麵糰。印地安人這時候會在苔蘚上坐上五天。真希望我是原住民。

我十五歲，好想趕快來。我已經很高了，還一直在長。

當我在健身房看見白人女孩使用衛生棉條，我認為她們是壞女孩。

我在粉紅色的瓷磚上看到小小紅色的血滴。我說：「耶。」

我媽替我開心。

我喜歡用OB衛生棉條，也喜歡把手指放在那裡面。

十一歲時，我穿著白色內褲。血開始滲染出來。

覺得它糟透了。

我還沒準備好。

我會背痛。

我感到慾火焚身。

十二歲的時候。我很快樂。我朋友有一個占卜板，我們占卜什麼時候月經

---

8 希伯來文。

會來，往下一看，我看到了血。

往下一看，它就在那裡。

我是女人了。

嚇死了。

從沒想過它會來。

我整個改變了對自己的看法。我變得沉默且成熟。一個好的越南女人——安靜的工人，貞潔，從不發言。

九歲半。我確定我會流血至死，還把內褲捲起來並丟到角落。不想讓我父母操心。

我媽媽為我準備熱水和酒，然後我睡著了。

我在我母親公寓，我自己的臥房裡。那裡有一整箱我收集的漫畫。我媽媽說：「你絕對不可以提那個裝漫畫的箱子。」

我的女性朋友告訴我說，我每個月都會流很多血。

我媽媽進進出出精神病院。她無法接受我已經長大成人了。

「親愛的卡琳老師，不好意思，我的女兒不方便上籃球課。她才剛轉大人啦。」

在露營的時候，她們告訴我月經來的時候不要泡澡。她們還用殺菌劑擦洗我的下半身。

害怕別人會聞到那個味道。害怕他們會說我聞起來有魚腥味。

嘔吐，吃不下東西。

我變得很餓。

有時候它非常紅。

我喜歡那些滴進馬桶裡的液體。像顏料。

有時候它是咖啡色的，這讓我隱隱不安。

我那時十二歲。我媽賞了我一巴掌，然後拿了件紅色棉衫給我。而我爸則出門買了瓶西班牙雞尾酒。

我曾經訪談一個參加過陰道工作坊的女人，這個獨白就是來自於她的經驗。

陰道工作坊（帶點英國腔）

我的陰道是個貝殼，一個圓潤、粉紅、細嫩的貝殼，開了又闔，闔了又開。我的陰道是朵花，一朵奇異的鬱金香，蕊心敏銳且深藏，氣味優雅，花瓣柔軟卻強韌。

我並不是天生就知道這些。我是參加了一個陰道工作坊，從一個帶領工作坊的女人身上學到這些。那個女人信任陰道、瞭解陰道，她幫助女人們藉由瞭解別的女人的陰道來瞭解自己的陰道。

第一堂課，那個帶領工作坊的女人要我們給自己「獨特的、美麗的、神奇的」陰道畫一幅畫。是的，她是那樣說的。她想知道我們把自己獨特的、美麗的、神奇的陰道看成什麼。一個孕婦把自己的陰道畫成一張正在尖叫的血盆大口，裡面不斷有硬幣蹦出來。一個很瘦的女人畫了一個大餐盤，盤子上以英國德文郡（Devonshire）圖案裝飾著。我畫了一個巨大的黑點，在它周圍環繞著彎彎曲曲的線。那個黑點相當於是宇宙中的一個黑洞，而那些彎曲的線則是意味著人們，或東西，或就是一顆你身上的基本原子迷失在那裡。一直以來，我認為我的陰道就是一個人體吸塵器，它會隨意地從四周吸進微粒和物體。

我總是認為自己的陰道是一個獨立的個體，它像是一顆在自己的銀河系中旋轉的星星，終將藉由本身的氣體能量而燃燒、爆炸、進而分裂成數以千計比較小的陰道，而這些小陰道再繼續於自己的銀河系中旋轉著。

我向來不以實用性或生物學的觀點來思索我的陰道。例如，我從不認為它是我身體的一部分，只是兩腿之間的某個東西，附在我身上而已。

在工作坊裡，那個女人要求我們用小鏡子來觀看自己的陰道。仔細地檢視之後，我們要對團體口頭報告自己到底看到了什麼。我必須告訴你們，在那個時刻之前，我所知道一切關於陰道的事，都是來自於道聽途說與胡編濫造。我從來沒有真正看過它，也從來沒有想要去看。我的陰道對我來說只是一個抽象的概念。我們用工作坊教的方法，坐在亮藍色墊子上，用小鏡子打量著自己的陰道，那過程感覺很隨便而且笨拙。這讓我覺得，早期的天文學家在使用最原始的望遠鏡時，一定也有這種感受。

一開始，我覺得我的陰道讓人感覺很不安。就像你第一次看一條魚被開膛破肚，你發現在那表皮的正下方，還有一個複雜得要命的世界。它是如此地天然、如此地紅潤、如此地新鮮。那層層的皺褶最令我驚奇；皺摺裡有皺褶，並通向更多皺褶。

我的陰道實在讓我吃驚。在工作坊中輪到我發表感受時，我說不出話來。我啞口無言，因為我已經體會到帶領工作坊的那位女性所謂的「陰道奇觀」。我只想躺在那墊子上，叉開雙腿，永遠地探索我的陰道。

陰道那遠古與充滿優雅的氣息，更甚於大峽谷。它散發著傳統英國花園的純潔與清新。它可以開開闔闔，躲躲藏藏，它就是這樣有趣，非常地有趣，總會令我大笑不已。它是一張嘴；它是早晨。

接著，那個帶工作坊的女人問我們當中有多少人有過性高潮。有兩個女人遲疑地舉起了手。我雖然有過高潮，但是並沒有舉手。之所以沒有舉手，是因為我的高潮都是偶發的意外。它們總是自己出現在我身上。有一次發生在夢裡，那讓我在巨大的快感中醒來；很多次發生在水中，尤其是當我在泡澡時。還有一次是發生在鱈魚角（Cape Cod）。在我騎馬、騎自行車，或在健身房使用跑步機的時候，也會出現。我之所以沒有舉手，是因為我雖然有過高潮，可是我卻不知道如何使它出現。我從來沒有試著去讓它發生。我認為性高潮是一件神祕的、有魔力的事情。我不想加以干涉，因為這樣感覺起來不對勁、不自然——是經過計謀、操控的。像好萊塢似的，性高潮變得公式化，驚喜與神祕都消失無蹤。然而，問題是這種驚喜已經消失兩年了。我已經有很長一段時間沒有那種神奇的意外高潮，我覺得很慌亂。這就是為什麼我會去參加陰道工作坊。

之後，讓我恐懼卻又偷偷渴望的那一刻終於來臨了。那個帶工作坊的女人讓我們再次拿出小鏡子，看看是否找得出自己的陰蒂。我們這群女人，躺在那些墊子上，尋找著自己的陰蒂，去發現我們的那一點、我們的中心、我們的動機；不知道為什麼，突然之間，我開始哭了起來。也許是因為非常尷尬，也許是因為知道我必須放棄那些幻想，那些消磨生命的巨大幻想，幻想有一個人或有什麼東西會來為我代勞——幻想某個人會來臨，引領我的生命，為我選擇方向，賜予我性高潮。過去，我總過著與世隔絕的生活，幾乎到了一種神祕和迷信的程度。而這趟發現陰蒂之旅，這個在亮藍色墊子上進行的狂野工作坊，讓我面對了真實，無法否認的真實。我可以感覺一陣恐慌席捲而來。感到驚恐的同時，我也意識到，我一直都在逃避去找到自己的陰蒂，並將此事合理化，認為大家也都是這樣做，這是在「保護消費者的權益」。事實上，我恐慌是因為害怕我沒有陰蒂，害怕我是天生的性無能，冷感、痲木、閉鎖、乾枯、苦澀，毫無知覺——噢，天啊！我躺在那兒用一個小鏡子尋找著我的陰蒂，手指努力伸展著、找尋著。可是那時，我的腦海裡所能想的卻是：十歲那年，我在一座湖裡尋找遺失的戒指，一只鑲著祖母綠的金戒指。我一次又一次地鑽進湖裡，先潛到水底，搬開石頭，在魚群、爛泥巴和瓶瓶罐罐堆裡不停翻找，可是我就是找不到我的戒指。我感到恐慌，因為我知道我將要為此受到懲罰。我真的不應該戴著戒指去游泳的。

那個帶工作坊的女人看到我瘋狂地摸索、汗水淋漓、呼吸急促，於是，她走到我身邊。我告訴她：「丟了！丟了！我把陰蒂給弄丟了，我不應該戴著它去游泳的。」那個女人大笑，她平靜地撫摸著我的額頭，告訴我：我的陰蒂並不是我能弄丟的東西，它就是我，我的核心。它既是門鈴又是房屋本身。我不必找到它，我必須成為它。成為我的陰蒂。成為我的陰蒂。我放下小鏡子，閉上眼睛，躺在那裡。我看到我自己飄浮在自己的身體上面。我看著我開始慢慢地靠近，慢慢地重新進入我躺在地上的身體。那就像是太空人再次進入地球的大氣層一樣。非常安靜地重新進入：慢慢的、輕輕的。我彈了起來然後降落，降落了又彈起來。我進入到我的肌肉裡、血液裡、細胞裡，然後輕輕地滑進了我的陰道裡。那裡突然放鬆下來，而我在裡頭服貼契合。我感到全然的溫暖、搏動、蓄勢待發、年輕且充滿活力。然後，我不再看著，依然閉著眼睛，把手指輕輕地放在突然間已經變成我的那裡。一開始，有一股輕微的顫抖，促使我停留；然後，那股顫抖變成震動，然後爆發，那些皺褶分開、再分開。那股震動爆開而成為一道光與寂靜的遠古地平線，展向充滿音樂、色彩、純真和渴望的平原，而當我在我那小小的藍色墊子上激烈顫動之時，我感到一種聯繫，而且呼求聯繫。

我的陰道是貝殼，鬱金香，命運。在我正要離開之際，我抵達了。我的陰道，我的陰道，我。

〈陰道事實〉

陰蒂的用途非常單純，它是人體唯一專為快樂而設計的器官。陰蒂僅僅只是一捆神經束；說得精確點的話，是八千條神經纖維。這種高度集中的神經束是人類身上任何部位都比不上的，無論是指尖、嘴唇還是舌頭，而且數量是男人陰莖裡的兩倍……兩倍。有了半自動步槍，誰還會需要小手槍？

——摘自《女人：親密地圖》（*Woman: An Intimate Geography*），
娜塔莉・安吉爾（Natalie Angier）

因為他喜歡看

這就是我如何愛上我的陰道。這說起來有點害臊，因為它發生的方式不那麼政治正確。我的意思是說，我知道這應該是當我浸浴在來自死海的浴鹽中、一旁放送著恩雅（Enya）的音樂、享受身為女人的時刻發生的。我知道那種說法：陰道是美麗的；我們憎恨它，只是將父權文化的打壓跟憎恨照單全收成為我們自己的一部分，而不是事實；所有陰道要團結起來。這些我都知道。就好像是，如果我們生長在一種「胖就是美」的文化裡，那我們就可以肆無忌憚地大吃奶昔和餅乾，舒服地躺著，將我們的日子消磨在增加大腿肥碩的程度之中。但是我們並不是在這種文化裡成長的。我討厭我的大腿，我甚至更恨我的陰道，我認為它是無以倫比的醜陋。我就是那種自從看到自己的陰道後，就希望根本不曾看過它的女人。它讓我感到噁心，我替那些不得不到那裡去的人感到悲哀。

為了逃脫這種感覺，我開始假裝在我雙腿之間的是些別的東西。我想像著，那是個讓人感到舒適的家具——輕絲棉蒲團、天鵝絨躺椅、豹皮地毯；或是個漂亮的小東西——真絲手帕、隔熱襯墊、餐具；要不然是微型風景——晶瑩剔透的湖泊或潮溼的愛爾蘭沼澤。我越來越接受這些想法，到後來我根本記不得我有陰道。每當我和男人做愛的時候，我就想像他被包圍在貂皮圍巾或紅色玫瑰花或瓷碗裡面。

直到我遇到了鮑伯。鮑伯是我見過的男人中最普通的。他瘦瘦高高的，毫無特徵可言，而且穿卡其布衣服。鮑伯不喜歡吃辣也不聽超凡樂團（Prodigy），而且對女人的性感內衣也毫無興趣。夏天的時候，他喜歡躲在陰涼處。也不愛跟別人分享內心感受。他這個人其實沒什麼問題或麻煩，他甚至不酗酒。他不怎麼有趣，也不善於表達，更不神祕，但也不刻薄、不裝腔作勢，不具魅力也不自我陷溺。還有，他開車從不超速。其實，我並不是特別地喜歡鮑伯。如果不是那天我的零錢掉在小吃店的地上，而他正好在那把它撿起來，我可能根本不會注意到他。當他把那些零錢硬幣還給我的時候，他的手不小心碰到了我的手，於是某樣東西發生了。我跟他上床了。奇蹟就這樣發生了。

結果，原來鮑伯很喜歡陰道。他甚至算得上是個陰道鑑賞家。他喜歡陰道的觸感、嘗起來的滋味、聞起來的味道，最重要的是，他喜歡陰道看起來的樣子。他非得看到它不可。我們第一次做愛的時候，他告訴我，他一定要看看我。

我說：「我就在這兒啊！」

「不，是你，」他說，「我一定得看看你。」

「那就開燈吧。」我說。

在黑暗中我開始不耐煩，覺得他根本就是個怪胎。他打開了燈。

然後他說：「好了，我準備好了，我要看你。」

「在這兒。」我招招手，「我就在這兒。」

於是，他開始幫我脫衣服。

「鮑伯，你在幹什麼？」我問。

「我需要看到你。」他回答。

「不必了，」我說。「直接來吧！」

「不，我需要看看你的模樣。」他說。

「難道你沒看過紅皮革沙發啊。」我說。

鮑伯繼續。他不想停，可我卻感到噁心想吐，甚至想立刻死掉。

「這親密得有點過頭了，」我說，「你就不能直接上嗎？」

「不，」他拒絕了我。「它代表著你，我想好好地看它。」

我屏住呼吸。他看了又看。他一邊打量一邊微笑著，又喘氣又呻吟，說話的聲音開始上氣不接下氣，臉也變了——他看起來不再平凡無奇，他看起來就像是一頭饑餓而美麗的野獸。

他說：「你真是太美了，如此的優雅、深邃、純潔而又狂野。」

我問：「你在那兒看到這些？」

感覺他好像是在看我的手相，而不是陰道。

他說：「我看到了這些，而且不只這樣，還更多、更多。」

他就這樣看著我的陰道，看了將近一個小時。就好像他是在研究一張地圖，或是觀察月亮，或是凝視著我的雙眼。但他只是在看著我的陰道。燈光下，我看著他注視著我，他的興奮非常真誠，如此的安祥、如此的心滿意足。

我開始溼了，而且興奮起來。我開始像他那樣看待我自己。我開始覺得自己很美麗，而且令人愉悅——就像是一幅偉大的油畫或是一簾瀑布。鮑伯並不害怕，也不感到嫌惡。我開始自大起來，自豪起來，我開始愛上我的陰道。至於鮑伯，他完全迷失在我的陰道裡，而我也在那裡和他一起，然後我們倆都消失了。

一九九三年，當時我走在曼哈頓的街上，經過一個報攤時，我整個人被《新聞日報》（*Newsday*）頭版一張令人不安的照片給震懾住。這張照片裡是六個剛剛從波士尼亞的強暴集中營裡歷劫歸來的年輕女人。她們的臉龐透露出震驚與絕望，但更令人不安的是，你可以感覺到，對她們來說那些生命裡本該有的甜美與純潔已經永遠地被剝奪了。我翻開報紙，裡面還有另一張照片，是那些年輕女人們不久前與她們母親的團圓。一大群人在一間體育館裡圍成半圓形，然而，其中沒有一個人，無論女兒或是母親，能夠正視鏡頭。

我知道我必須去那兒，去拜訪這些女人。一九九四年，感謝像天使般的羅倫·勞埃德（Lauren Lloyd）的支持，我用了兩個月的時間，在克羅埃西亞和巴基斯坦訪談波士尼亞難民區的女人們。不只訪談，我還跟這些女人們在營區、餐館和難民中心等地方一起共度時光。在這之後，我又回去過兩次。

我第一次採訪後回到紐約時，整個人處在一種非常憤怒的狀態。我憤怒的是，在一九九三年，中歐地區有二萬到七萬名女人遭到強暴，此行為被當做一種有系統的戰爭策略，然而卻沒有任何人想辦法去阻止它。我無法理解。有個朋友問我幹嘛如此吃驚。她說，在我們自己這個國家，每年就有超過五十萬名婦女被強暴，而且理論上來說，這兒並沒有戰爭。

以下這個獨白是來自一個女人的真實故事，我要在這感謝她的願意分享。我為她崇高的精神與堅強致上最深的敬意，同時對那些在前南斯拉夫遭受殘酷對待後倖存的女人們，致上最深的敬意。這個獨白就是要獻給這些波士尼亞的女人們。

我的陰道是我的村莊

我的陰道是青山綠水，原野粉嫩，牛兒歡叫，陽光照，甜甜的男孩手拿金黃麥穗輕輕地撫過。

我的雙腿之間有個東西。我不知道它是什麼。我不知道它在哪裡。我不去碰它。現在不會。將來不會。再也不會。

我的陰道總是喋喋不休，無法等待，總是說很多、很多，高談闊論，無法停止嘗試，無法停止說話。噢，是的，噢，是的。

直到我夢見有一個死去的動物被粗黑的漁線縫埋在下面那裡。那死掉的壞東西散發出的氣味揮之不去。牠的喉嚨裂開了個口，於是，血流滿了我夏日的裙子。

我的陰道唱著所有女孩們的歌，所有響著羊鈴的歌，所有秋日田野裡的歌，那是陰道的歌，陰道自己的歌。

直到那些士兵把又長又粗的步槍插入我的身體。那冰冷的槍桿讓我心如死灰。我不知道他們是否要開槍，還是要用來推擠我暈眩的腦袋。有六個怪異駭人的醫生，戴著黑色面具，也把瓶子塞進來。還有樹枝，以及掃把的柄。

我的陰道在河水裡暢遊，乾淨的水濺灑在被陽光晒熱的石頭上，石頭就像是水中的陰蒂。水濺上石頭，濺上陰蒂，一而再，再而三。

直到我聽到皮膚撕裂而發出刺耳的尖嚎；直到我陰道的一部分掉落到我手中，那陰唇的一部分，如今，陰唇的一邊完全沒了。

我的陰道。一個生機勃勃四面環水的小村莊。我的陰道是我的家鄉。

直到他們輪流地摧殘了我七天，聞起來像是排泄物和燻肉，他們把骯髒的精液留在我的體內。我變成一條充滿膿液與毒素的河，於是，所有的穀物死光了，魚也死了。

我的陰道，一個生機勃勃四周環水的小村莊。

他們侵略它，屠殺它，把它燒光。
現在我不再碰它。
不再拜訪它。
現在，我生活在別處。
我不知道那裡是哪裡。

〈陰道事實〉

在十九世紀，學會藉由手淫來達到性高潮的女孩，會被視為有醫學上的毛病。通常用來「治療」或「矯正」她們的方法有：切除或燒灼陰蒂，或採用「小型貞操帶」，把陰唇縫合起來，讓陰蒂因此無法被觸及，甚至藉由手術來切除卵巢。然而在醫學文獻裡，並沒有任何資訊提及以割除睪丸或切除陰莖的手術，來防止男孩手淫。

在美國，最後一個有記錄的切除陰蒂治療手淫案例，發生在一九四八年，一個五歲的小女孩身上。

——《女人的神話與祕密百科全書》

〈陰道事實〉

如今世界上，有八千萬到一億的女孩和年輕女人性器官遭割除。在許多還在進行此種迫害的國家裡——大部分在非洲——每年大約有兩百萬的女孩，陰蒂被刀子、剃刀或是鋒利的玻璃碎片割傷或完全切除，而且將部分或整個陰唇用腸線或荊棘縫合起來。

通常這種手術美其名為「割禮」。非洲專科醫師納希德．托比亞（Nahid Toubia）[9]以淺顯易懂的方式說明：施行在男人身上的話，這種割禮代表著從割除大部分的陰莖，到「切除全部的陰莖，包括海綿體組織的根部和部分陰囊皮膚」。

而由此導致的結果，短期的有：破傷風、敗血症、大量出血，割傷尿道、膀胱、陰道壁及肛門括約肌；長期的有：慢性子宮感染、重大傷口導致的終生不良於行、形成瘻管、大大增加生產時的痛苦和危險，以及早死。

——《紐約時報》（*The New York Times*）一九九六年四月十二日

9　托比亞醫師是蘇丹第一位女性外科醫師，除醫療專業之外，也致力於為婦女爭取醫療權利，對女性生殖器官遭受切除、損傷的議題有深入研究，並為根除這項殘酷習俗而共同創立非政府組織RAINBO（Research Action and Information Network for the Bodily Integrity of Women）。

我生氣的陰道

我的陰道生氣了。是的。它很憤怒，它簡直是氣瘋了，它需要訴說。它需要把這些狗屁倒灶的事全說出來，它需要對你們說。我的意思是：那是什麼樣的待遇啊？一大堆人都是從那裡出來的，卻有人想些方法來折磨我可憐的、溫柔的、可愛的陰道。他們花上所有力氣製造出各種變態的產品，用一些下流的想法來作賤我的陰道。真是他媽的混蛋！

這些混蛋，他們不停地試著推擠陰道、清理陰道，把它塞得緊緊的，目的就是要讓它不見。就算這樣，我的陰道也不會不見。它很憤怒而且它就待在那兒，哪兒也不去。像棉條，那是什麼鬼東西？一塊乾巴巴的棉塞塞在那裡，為什麼他們不能在棉塞上加些潤滑劑呢？我的陰道只要一見到它，就馬上休克。陰道會說：「你想也別想！我打烊了。」你需要和陰道合作，你需要跟它介紹你準備使用的方法。這就是前戲的作用啊，你得說服我的陰道，引誘我的陰道，想辦法得到它對你的信任。你不能只是用一塊他媽的乾棉條就把它給打發了。

停止你們對我的亂塞亂放吧！停止那些推擠，停止那些清洗，我的陰道不需要被清洗，它本來的氣味就不錯。它不是玫瑰花瓣，它也不需要再做什麼修飾。陰道聞起來就是陰道的味道，如果有人跟你說：「你的陰道聞起來像是玫瑰花瓣。」你可千萬別相信他的謊話。他們一直想做的，就是把那裡清理乾淨，讓它聞起來像是浴室芳香劑或是一座花園。所以有那些各式各樣的清洗劑，花香的、莓果味的、雨水味的。我可不想讓我的陰道聞起來像雨水。所有的清洗，就像是把一條剛剛紅燒過的魚拿來洗一洗。可是我點了紅燒魚，就是因為我想品嘗魚的味道啊！

然後，就是婦產科內診，真不知是誰想出來的？應該有更好的方法來做那些檢查吧！為什麼要穿上那些令人提心吊膽的紙質手術服？它磨蹭你的乳頭讓你不舒服，還在你躺下的時候發出嘁嚓的聲音，好像你是被人丟棄了的一團廢紙。為什麼要戴那些橡皮手套呢？為什麼要用手電筒照那裡？搞得好像神探南茜（Nancy Drew）在對抗地心引力。為什麼要用那種納粹似的鋼質U形鐙，那種簡陋的、冰冷的鴨嘴鉗插進裡面？為什麼要這樣？我的陰道為了這些檢查而生氣，它提前幾個星期就開始戒備起來。它緊閉、它無法放鬆。難道你不討厭這種說法嗎？「躺下來，讓你的陰道放鬆！」幹嘛？我的陰道又不笨！照你說的放鬆，然後讓你把那冰冷的鴨嘴鉗塞進裡面？我一點也不想！

為什麼他們不能找一些美好曼妙的紫色天鵝絨輕輕地將我裹起來；讓我躺在像羽毛一樣輕軟的棉質床罩上；戴上那些舒服得令人感到親切的粉色或藍色手套；把我的腳放在包著柔軟皮草的U形鐙上？把那鴨嘴鉗也弄得暖呼呼的，然後再開始小心地檢查我的陰道。

可是，他們沒有，有的只是更多的折磨。除了乾棉條和冰冷鴨嘴鉗，再來就是：丁字褲。那是最糟糕的，丁字型的內褲。這是他媽的誰想出來的餿主意？它總是移來移去，而且帶子勒住陰道，卡住肛門。

陰道應該是很寬鬆很自在，不是緊緊地合起來。所以束腹實在很糟糕。我們需要活動，需要伸展，需要不停地說說說。陰道需要的是舒服。做一些那樣的事，一些能讓它們愉悅的事吧！可是不，他們當然不會去做，他們憎恨女人擁有愉悅，尤其是性愉悅。我是說，做一件柔軟的純棉內褲，裡面配備按摩裝置。那樣女人們將整天高潮，在超級市場裡高潮，在地鐵裡高潮，高潮源源不絕，多快樂的陰道啊！他們不可能受得了這些，看著這些精力充沛、自得其樂、熱情如火的快樂陰道們。

如果我的陰道會說話，它會像我一樣說說它自己，也會聊聊別的陰道，會模仿陰道來搞笑。

它會戴上海瑞．溫斯頓（Harry Winston）[10]的鑽石，不是在衣服上喔，就在那裡，整個綴滿鑽石。

我的陰道曾經承接一個大寶寶的誕生，我的陰道曾以為自己還需要做更多那樣的事情。但是，不。現在，它想要去旅行，不想有所牽絆。它想要多閱讀、多出門去瞭解更多的事情。它還想要性，它喜歡做愛。它想要更深的親密，它渴望親密。它也想要被仁慈對待。它想要有些改變。有時它想保持沉默，有時它想追求自由，它想要一個輕輕的吻、溫暖的唇，或者是更加親密的撫摸。它想要巧克力，它還想大聲地尖叫，它想不再生氣。它想要高潮。它想一直不停地想著，想著。我的陰道，我的陰道。欸……它想要一切。

10 人稱鑽石之王的頂級鑽石。

過去十年以來，我積極地接觸那些沒有家的女人。一直以來她們被叫做「無家可歸的人」，好方便我們分類然後丟到腦後。我和這些女人們一起完成各種事，她們已經變成我的朋友了。我成立復原團體幫助遭受強暴或亂倫的女人們，以及有藥癮和酒癮的婦女。我和她們一起看電影、一起吃飯、一起閒逛。過去的十年裡，我訪談了上百個女人。而那段時間當中，我只遇見兩個女人沒有在小時候遭遇亂倫或在年輕時遭受強暴。我歸結出一個理論：對這些女人中的多數來說，「家」是一個可怕的地方，一個她們想要逃離的所在；我是在庇護所遇到她們的，一個和其他女人共同生活的地方，對她們許多人而言，那是第一個能讓她們感受到安全、保護、舒適的地方。

以下的獨白是一個女人親口說的故事。大概在五年前，我在庇護所遇到她。我希望可以告訴你們說，這是一個不尋常的故事——殘酷、極端。但是它沒那麼不尋常，事實上，它甚至遠不及許多我聽過的故事那樣令人不安。許多可憐的女人遭受嚴重的性暴力，卻沒有被報導出來。因為她們的社會階級，她們沒有機會接受醫療或其他治療方式。她們一再地被虐待，終究導致自尊喪失殆盡，淪落到染上毒癮、賣淫、愛滋病，在很多情況之下逐漸走上死亡之路。以下的這個故事比較幸運，它有一個不一樣的結局。這個女人在庇護所遇到另一個女人，她們愛上彼此。藉著她們的愛，兩人離開了庇護所，一起過著美好的生活到如今。我寫這篇作品是要獻給她們的，獻給她們那種驚人的精神，也獻給那些我們看不到，卻正在經歷痛苦、需要我們的女人們。

小酷奇斯洛切（Coochi Snorcher[11]）的可能〔南方有色人種〕

回憶：一九六五年十二月，五歲那年。

媽媽用一種又恐怖又高亢、令人魂飛魄散的聲音叫我不要再搔我的酷奇斯洛切。我很害怕，因為我已經搔過那裡了。於是，我不敢再碰那個地方，甚至在洗澡的時候。我害怕水會進入那個地方，把我灌滿，然後我就會爆炸。我在我的酷奇斯洛切上貼了塊ＯＫ繃，想堵住那個洞，但是ＯＫ繃全都掉進了水裡。我想像著能有一個塞子，像那種浴缸的塞子，把那裡塞住，好防止有什麼

11　女性陰部的暱稱，見四十四頁。

東西進入我體內。睡覺的時候，在我那件搶購回來的睡衣底下，我穿了三件有快樂心形圖案的棉質內褲。即使這樣，我還是想去摸摸自己，可是我沒有。

回憶：七歲那年。

那時艾格．蒙特十歲了，有一次他在對我生氣，他用拳頭使勁地往我的兩腿之間揍了一下，我當下覺得我的整個身體都快裂開了。我一瘸一拐地回到家。我沒辦法尿尿。媽媽問我的酷奇斯洛切發生了什麼事。於是我告訴她艾格對我做了什麼，媽媽聽了大叫，要我以後再也不要讓任何人碰我那裡。我試著向她解釋：「媽媽，他不是碰我那裡，他是用拳頭打。」

回憶：九歲那年。

我在床上玩耍，跳上跳下著，突然我的酷奇斯洛切被床柱刺到了。我發出刺耳的尖叫，像是酷奇斯洛切那裡有張嘴直接發出來的。我被送到醫院，他們把那撕裂的部分縫了起來。

回憶：十歲那年。

在我父親的房子裡，那天他正在樓上舉辦派對，每個人都在喝酒。我一個人躲在地下室玩，試穿著我父親的女朋友送我的白色全棉胸罩和內褲。突然，一個男人從我的身後抱住了我，大塊頭阿爾弗雷德，是我父親最好的朋友，他扯下我的新內褲，並把他那又大又硬的陰莖塞進了我的酷奇斯洛切。我喊著、踢著，我拚命地要把他推開，可是他的那傢伙已經進去了。然後父親出現了，他手裡拿著一把槍。緊接著是一陣巨大恐怖的噪音，阿爾弗雷德和我的身上全都濺滿了血，好多好多的血。我確定我的酷奇斯洛切終於解脫了。阿爾弗雷德癱瘓了，一輩子都站不起來了，而我媽媽不讓我跟父親見面，足足七年的時間。

回憶：十三歲那年。

我的酷奇斯洛切成了一個糟糕透頂的地方，一個充斥著疼痛、污穢、毆打、侵犯和血腥味的地方。它是一個充滿晦氣的地方，它是一個惡運不斷的地帶。我只好想像著，我的兩腿之間有一條高速公路，而我這個女孩啊！就可以去旅行，遠離那裡去好遠好遠的地方。

回憶：十六歲那年。

我家附近住著一個二十四歲、很有魅力的女人，我總是盯著她瞧。有一天，她邀請我到她的車上，她問我是否喜歡親吻男孩，我告訴她說我不怎麼喜歡。然後，她說她要讓我見識一些事情。她輕輕倚靠在我的身上，用她的嘴唇輕輕地吻著我的嘴唇，並且把她的舌頭伸進我的嘴裡。哇啊！她問我要不要去她家一趟，接著她繼續親吻我，叫我放鬆，叫我跟著她去體驗，讓彼此的舌頭去感受對方。她問了我媽媽，是否可以讓我在她家過夜。一個如此漂亮、成功的女人對我這樣的女孩感到興趣，媽媽當下可是非常開心。我自己雖然有些恐慌，卻也迫不及待。她的公寓真是美呆了，看得出來是她精心設計過的。一整個七十年代的風格：那些珠簾、那些羽絨枕頭，那些營造氣氛的燈飾。當下我就決定：長大以後一定要當一個祕書，像她那樣。她給自己倒了一杯伏特加，然後問我要喝什麼。我說跟她喝的一樣，她卻說，她不認為我媽媽會喜歡我喝伏特加。我說，我媽媽可能也不會喜歡我跟一個女人接吻的。於是，這個漂亮的女人就給了我一杯伏特加。然後，她換上她巧克力色的綢緞睡袍。她真的很美，我一直以為女同性戀者應該都很醜。我說：「你看起來真漂亮。」她說：「你也是。」我說：「可是我只有白色的純棉胸罩和內褲。」於是，她開始幫我打扮，慢慢地給我穿上一件綢緞睡袍，那是淡紫色的，散發著早春的氣息。酒精湧上了頭，我變得十分放鬆而且蓄勢待發。當她輕輕地、慢慢地把我放倒在床上，我注意到她的床頭上掛了一張照片，是一個裸體的非洲女人，頭頂著爆炸蓬鬆的頭髮。我們倆的身體不斷地摩擦著，光是這樣就讓我達到高潮。她用盡各種方法取悅我，取悅我的酷奇斯洛切，那些可都是我以前認為很齷齪的事。可是現在，哇嗚，我變得十分地熱情、十分地狂野。她說：「你的陰道，這個從沒被男人碰過的陰道，聞起來真棒，清新撲鼻，我真的希望它能永遠這樣。」聽完後我變得更是狂放。可就在這時候，電話鈴響了，當然，那肯定是我媽。我敢肯定她一定意識到了什麼，我做的事從來沒有一件可以逃過她的掌心。接電話的時候，我拚命壓抑著自己的喘息，試著表現得很正常。媽媽問我：「你是怎麼回事啊？你是在跑步嗎？」我只好說：「不是，媽媽，我在運動。」然後媽媽要求跟年輕漂亮的女祕書說話，要她確認我並不是跟男孩在一起。這個女人告訴了我媽媽：「請相信我，這屋子裡沒有任何男孩子。」然後，這個魅力四射的女人教會了我關於我的酷奇斯洛切的一切。她讓我在她的面前撫摸自己，她教我用各種不同的方法給自己快感。她是個心思很縝密的人。她告訴我，女人一定要知道怎麼愉悅自己，這樣我就永遠不需要依賴男人。第二天早晨，我擔心我就此變成了一個充當男性角色的女同性戀者，因為我是那麼地深愛著她。她聽了之後笑了，之後，我就再也沒有見到過她。後來我才意識到，她其實是我的救星，她帶來了一個驚喜、一個意外、一個不在標準規則內的拯救。是她徹底改變了我可悲的酷奇斯洛切，是她把那兒提升成一個快樂天堂。

在我於紐約工作的期間，我接到這一封信：

以陰戶俱樂部（Vulva Club）榮譽主席之名，我們以一種無與倫比的喜悅邀請您成為我們的會員。哈麗特．勒納（Harriet Lerner）於二十年前創立了這個俱樂部，俱樂部會員的基本信念就是：致力瞭解並正確使用「陰戶」（vulva）這個字眼，以及盡可能地和更多人針對這個議題對話，尤其是女人。

致上溫暖的問候

簡．赫斯曼（Jane Hirschman）

陰戶俱樂部

我一直以來對命名事物很著迷。假如我可以說出名稱，就表示我能夠認出它們；假如我可以為它們取名字，就表示我能夠馴服它們，它們就成為我的朋友。

譬如，我小時候有一大堆青蛙收藏：填充玩具青蛙、瓷器青蛙、塑膠青蛙、霓虹燈青蛙、電動搞笑青蛙。每一隻都有名字。在為它們命名之前，我都會花一段時間來了解它們。我將它們放在我的床上，在陽光照耀下看著它們；把它們放在我大衣的口袋，用我小小流汗的手握著它們。我越來越了解它們之間不同的觸感、氣味、形狀、大小、幽默感。然後，它們就可以有名字了。我通常會為它們舉辦一個盛大的命名典禮，讓它們的青蛙朋友圍繞在它們身邊，為它們穿上正式禮服、打上領結，放些閃閃發亮的東西在它們身上或是別上金色星星，讓它們站在青蛙聖殿之前，然後為它們命名。

首先，我會將一個夢寐以求的名字輕輕地在它們的耳邊唸出（呢喃地）：「你是我的小青蛙塗鴉餡餅。」我要先確認那隻青蛙接受這個名字，然後再向其他興奮的青蛙們大聲宣布這個名字，其中有一些也正等著輪到它們被命名。「小青蛙塗鴉餡餅！」接下來開始唱歌，通常是一再反覆唱出那隻青蛙的名字，其他的青蛙們也會加入唱歌的行列（編出一首歌）：「小青蛙塗鴉餡餅、小青蛙塗鴉餡餅……」我們會邊唱邊跳舞。

我會把青蛙們排成一排，在它們之間穿梭跳舞，蹦蹦跳跳像一隻真的青蛙，並發出青蛙叫聲，而且一定會把那隻剛被命名的青蛙捧在手掌心或擁在臂彎裡，端看它的大小尺寸。整場典禮舉辦下來是非常累人的，但絕對有其必要性。假如只是為青蛙們命名，倒也還好，但是很快地，我就發現我想要命名所有其他的事物。我開始為每條毯子、每扇門、每張椅子以及階梯命名。譬如，我把我的手電筒命名為班，這個名字靈感是來自於一個我幼稚園裡的老師，他對於所有我做的事都要管一下。

最後我甚至開始對我身體的各個部位命名。我的雙手叫做格拉迪絲：它們就像我認識的那個格拉迪絲一樣的，簡單和實際。我命名我的肩膀為矮個兒，因為它強壯而且有一點點好鬥。我的胸部叫做貝蒂，它們不是薇若妮卡，但可不表示它們很醜。為我的「下面那裡」命名，就沒有那麼容易了。這跟為我的雙手取名完全不一樣。它很複雜。下面那裡生機活躍，無法被輕易定義。所以它就一直沒有名字，也因為沒有名字，所以它無法被馴服，無法被認識清楚。

小時候，我們有一個保姆叫做薩拉．斯坦利。她說話音調很尖銳，讓我聽了就想尿尿。有一個晚上，我正在洗澡的時候，她叫我千萬要記得洗我的小不點兒（Itsy Bitsy）。我沒辦法說我喜歡這個稱呼，甚至還先愣一下才搞清楚那是在指什麼，但是她的聲音起了某種作用，讓那個稱呼杵著不走。沒錯，就這樣了，我的小不點兒。

不幸的是，那個名字從此跟著我，到我長大成人。我在初夜的時候，鄭重告訴那個我即將要嫁的男人，說我的小不點兒有些小害羞卻非常渴望，但只要他有點耐心，相信小不點兒就會將自己神祕的面紗掀開。我猜當時男人有點不耐煩，但基於他的生理需求，他就順勢地跟著我的劇本走，真的也就這樣稱呼它：「小不點兒在那裡嗎？它準備好了嗎？」我自己從來就沒滿意過這個名字。所以後來會如何發展，應該也不令人意外吧。

某個晚上，我和我老公正在親熱。他呼喚它：「來吧，我的小小不點兒，」但是它完全沒有回應。就好像它不在那裡，於是他又叫：「小不點兒，是我啊，你的頭號粉絲。」還是沒回音，沒有任何反應。我忍不住也對它喊道：

「小不點兒，出來吧。別對我這樣啊。」

還是沒半句話，連一點聲響也沒有。小不點兒彷彿是死了、啞了、離家出走了。

「小不點兒！」

它消失了數天，然後數星期，然後數個月。我開始變得垂頭喪氣。

我猶豫再三之後才把我這狀況告訴一個朋友泰瑞莎，她正全心投入一個新的女性團體。我告訴她：「泰瑞莎，小不點兒都不跟我說話，她完全不理我的呼叫。」

「誰是小不點兒？」

「我的小東西，」我回答。「我的點點。」

「你在說什麼東西啊？」接著她突然用一種比我低沉很多的聲音說：「你是指你的陰戶，女孩？」

「陰戶？」我問泰瑞莎：「那到底是什麼啊？」

「就那整個東西啊，」她說。「那一整套的東西。」

陰戶。陰戶。我可以感覺什麼東西被解開了。「小不點兒」那個詞是不對勁的，我打從一開始就知道。我根本無法浮現小不點兒的影像。我從來無法真正知道它是誰、是什麼，甚至它聽起來根本也不像是一個開口或嘴唇。

那天晚上，我和我老公藍迪，為它重新命名，就像之前我為青蛙們命名一樣。我們為它穿上閃亮以及性感的服飾，將它放置在身體的聖殿之前，並點上蠟燭。一開始我們小聲地說：「陰戶，陰戶，」極盡溫柔地看它是否願意聽。「陰戶，陰戶，你在那裡嗎？」然後我有一種甜蜜的感覺，而且毫無疑問有某種東西在騷動著。「陰戶，陰戶，你是真的嗎？」

接著我們一起唱陰戶之歌，當然唱這首歌時不會發出青蛙叫聲，取而代之的是不斷地親吻。我們也跳陰戶之舞，但取代青蛙跳的是飛躍的動作，而身體所有其他部位也共襄盛舉——貝蒂、格拉迪絲、矮個兒——我確信她們每個都聆聽著我的呼喚。

〈陰道事實〉

在非洲一些地方，切除女性生殖器官的傳統似乎已經悄悄地被廢除。譬如，在幾內亞（Guinea）首都科納克里（Conakry），主持割禮的「切割者」通卡拉·迪亞洛·法第瑪塔（Aja Tounkara Diallo Fatimata），她曾經因這個身分被西方人權組織公開撻伐。然而幾年前，她表明自己其實從來沒有實際割過任何人。她說：「我只是緊掐她們的陰蒂使她們尖叫，再將其緊緊地包紮起來，這樣她們走路時會看起來像是承受巨大的痛苦。」

——資料來源：生殖相關法規和政策中心

「陰道聞起來像什麼？」

像泥土。
潮溼的垃圾。
上帝。
水。
一個嶄新的早晨。
有深度。
甜薑。
汗水。

看情況而定。

麝香味。

我。

有人告訴我，根本沒有味道。

鳳梨。

花精。

帕洛瑪・畢卡索（Paloma Picasso）[12]香水。

有泥土味的肉和麝香。

肉桂和丁香。

玫瑰。

有濃烈麝香味的茉莉森林，深深的森林。

潮溼的蘚苔。

好吃的糖果。
南太平洋。
介於魚與紫丁香之間的某個地方。
水蜜桃。
樹林。
熟透的水果。
草莓奇異果茶。
魚。
天堂。

12 第凡內珠寶（Tiffany & Co.）的珠寶設計師，藝術家畢卡索的女兒。她調配出自己風格的香水，並以自己的名字做為香水品牌名稱。

醋和著水。
帶點甜味的軟性酒精飲料。
起司。
海洋。
很性感的。
海棉。
天地初開。

ꝏ

我帶著這個作品到美國各個地方巡演（現在是全世界），一路下來已經好幾年了。我揚言要畫出一張「陰道友好地圖」，記錄所有我曾經拜訪過對陰道友好的城市。這種城市現在非常多，而且其中有許多令人驚奇的事情發生。奧克拉荷馬市就讓我驚奇，這城市的人們對陰道有著狂熱。匹茲堡也讓我十分驚奇，那裡的人們幾乎是愛上了陰道，我已經去過那兒三次。無論我去到哪裡，都有女人在演出後跑來找我，告訴我她們的故事、提出建議或表達她們的回應。這是帶著這個作品到處演出時我最喜歡的部分。我有機會聽到一些真的很神奇的故事。故事以很簡單、很接近事實的方式被訴說。這些故事總是提醒了我，女人的生命是多麼地特別、多麼地深奧；也一再提醒我女人是多麼地受到孤立，在孤立的狀態中又經常遭受到怎樣的壓迫。她們鮮少有人說出自己遭受的痛苦與困惑，因為往往有一大堆的羞愧伴隨。讓女人說出她們的故事，以及跟其他人分享她們的故事，是多麼重要的事情，而我們身為女人的生存掙扎是多麼地依賴這樣的對話。

一個晚上，在紐約市表演完這個作品之後，我聽了一個年輕越南女人的故事。五歲的時候，她才剛到美國，還不會說英語。有一次跟她最要好的朋友玩耍的時候，她跌倒撞到了消防栓，並因此割傷了她的陰道。由於不知道怎麼表達所發生的事情，她就乾脆把沾血的內褲藏在床底下。她媽媽發現了內褲，以為她遭到強暴。因為女孩不知道「消防栓」這個詞，所以無法跟她的父母親解釋事情原委。結果她的父母親控告了女孩最要好的朋友的哥哥，認為是他強暴了她。他們迅速將女孩送到醫院，一大群男性圍在她躺著的床邊，盯著她毫無遮掩露出來的陰道。之後在回家的途中，她發現自己的父親不再正眼看她。在他的眼裡，她已經變成了一個被用過、被毀掉的女人。從此以後他不曾再正眼看她。

另外，還有奧克拉荷馬一個令人驚訝的女孩的故事。在我們演出結束後，她和她的繼母來找我，並告訴我說，她生來就沒有陰道，而且直到十四歲她才明白這件事。那時她和她的女朋友一起玩，當她們比較彼此的生殖器時，她發現她自己的跟別人不一樣，這其中肯定有些不對勁。由於她一直跟父親比較親近，所以就跟父親一起去看了婦產科醫生。醫生發現，事實上她根本就沒有陰道，甚至連子宮都沒有。她的父親知道後心都碎了，但是他仍強忍著眼淚、強壓著悲傷，希望這樣他的女兒就不會感覺太糟糕。從醫院回家的路上，父親帶著高貴的胸懷盡力安慰著女兒，他說：「親愛的，別擔心，這一切都會沒事的。事實上，這會是一件很棒的事，因為我們將為你裝上全美國最好的人工陰道。以後，當你遇到你的丈夫時，他會知道我們是特別為了他而做了這個陰道。」後來他們的確給了她一個新的陰道，那讓她感到鬆一口氣又快樂。隔兩個晚上之後，她把她的父親帶來見我，他們之間的愛深深地融化了我。

然後是一個在匹茲堡的夜晚，一個熱情滿溢的女人衝過來找我，她說她必須盡快跟我說上話。她強烈的熱情說服了我，當我一回到紐約就馬上打電話給她。她說，身為一個按摩治療師，她必須跟我聊聊關於陰道質感的問題。質感是非常重要的。而她告訴我說，我並沒有提到質感。她跟我聊了一個小時，所談到的細節是如此細膩，極其清楚明確的感官愉悅細節，以致於聽她說完時，我簡直累癱了。在談話之中，她還跟我提到「cunt」[13]這個字。我在我的表演當中對這個字說了些負面的話語，她認為我根本不瞭解這個字眼，所以有必要協助我重新認識它。於是她又跟我聊了半小時「cunt」這個字，等她整個說完之後，我完全改觀了。這篇作品就是為她寫的。

13 cunt 這個英文俚語也是指女性陰道，但有貶低、淫穢的涵意。由於下一篇的內容在討論這個字的發音，所以不做翻譯，保留原文。

重新找回CUNT

我叫它cunt。我要把失去的找回來，「cunt」。我真的很喜歡它。「cunt」，你聽，「cunt」。它是這麼發音的，C～C，Ca～Ca。山洞（cavern），咯咯笑（cackle），陰蒂（clit），可愛的（cute），高潮來了（come）——關閉的C（closed c），關閉的裡面（closed inside），裡面的卡（inside ca）。然後是u——然後是cu——然後是彎彎的（curvy），鯊魚皮一般令人心動的u（inviting sharkskin u），制服（uniform），下面（under），上面（up），慾望（urge），啊唷（ugh ugh）——u接著n，就是cun，這幾個柔和的字母完美地結合在一起。聽聽看n——鳥巢（nest），現在（now），核心（nexus），很好（nice），nice，n總是顯得很有深度，它總是圓潤滑順。cun，回頭來說cun，n像是一種鋸齒狀邪惡的閃電脈衝——n（尖聲地唸出來），然後是輕柔的n、溫暖的n——cun，cun。最後就是t了，尖銳的、確鑿的、氣味強烈的t，質地（texture），接受（take），帳篷（tent），繃緊的（tight），可望而不可及的（tantalizing），緊張的（tensing），味覺（taste），捲起的鬚狀物（tendrils），時間（time），有觸覺的（tactile），對我說（tell me），對我說「cunt，cunt，」，說出來，對我說「cunt」。「cunt」。

我問一個六歲大的女孩兒：

「如果你能為你的陰道打扮，你會給它穿上什麼？」

「紅色高統鞋和棒球帽反戴。」

「如果它會說話，它會說什麼？」

「它會說一些開頭字母是V和T的詞，例如，海龜（turtle）或是提琴（violin）。」

「你的陰道讓你聯想起什麼？」

「一顆漂亮深紅的水蜜桃，或是我從寶物堆中發現的鑽石，那是我的。」

「你的陰道有什麼特別的地方？」

「我知道在它裡面最深的地方，有一個真的很聰明的腦袋。」

「你的陰道聞起來像什麼？」

「雪花。」

喜歡讓陰道快樂的女人

我熱愛陰道，我熱愛女人，我不把這兩者分別對待。女人們付錢給我，要我駕馭她們，讓她們興奮，給她們高潮。我以前並不是這樣的。相反的，我原本是一個律師。然而，到了我三十好幾的時候，我發現讓女人快活這件事讓我十分著迷。世上有那麼多不滿足的女人，有那麼多沒有得到過性的快感的女人。剛開始的時候，這只不過是類似出差之類的事務，可是後來我卻越來越投入。我變得非常精通，甚至可以說是才華洋溢。那就是我的技藝。開始有人為此付錢給我。就好像我找到了我命中注定的職業。這時候，稅法似乎變得乏味至極而且微不足道。

當我在駕馭女人的時候，我會穿戴上挺嚇人的全副武裝——緞面的、絲綢的、皮革的——我也會使用一些道具，例如：鞭子、手銬、繩子、假陰莖。稅法裡可是沒有這些東西的；沒有道具，沒有興奮，而且我討厭那些藍色的上班套裝。只不過，在我新開發的工作裡，我偶而會穿上那些套裝，而且效果不錯。反正情境才是重點。公司法裡沒有道具、沒有裝備。那裡不會潮溼，沒有黑暗神祕的前戲，也沒有堅挺的乳頭、可口的嘴唇。但是最主要的是：那裡沒有呻吟——至少不是我說的那種呻吟。現在我完全明白，這就是關鍵：呻吟，是最誘惑我的東西，它讓我沉迷於取悅女人而不能自拔。當我還是個小女孩的時候，在電影中看到女人們做愛達到高潮時，會發出怪異的呻吟聲，每當這時候我都會大笑。我感到一種異常的激動。我無法相信女人們竟然發出這些誇張的、放縱的、恣意的聲音。

我渴望呻吟。我站在鏡子面前，使用錄音機練習呻吟：用各種不同的音調、不同的語氣；有時模擬歌劇的表現方式，有時揣摩保守、受壓抑的狀態。

可是重播來聽的時候，我發現那些聲音都很假。那的確是假的，因為它不是真的跟性行為有關係，而只是發自我想要有女人味的慾望。

然後，在我十歲那年，有一次我憋尿憋壞了。那是一次坐車旅行的途中，我憋了快一個小時，最後終於在一個骯髒的小小加油站可以上廁所的時候，那種解放是那麼的令人興奮，我不禁發出呻吟。我一邊尿，一邊呻吟。我真的不敢相信，我竟然在路易斯安那州某個地方的德士谷（Texaco）加油站裡呻吟起來。我當下意識到，呻吟是跟人們無法馬上得到想要的東西有關，因為慾望被延遲滿足而發出呻吟。我也意識到最好的呻吟是可遇而不可求的，它們發自你身體裡某個隱密且神祕的地方，這個地方有著自己的言語。事實上，我覺得呻吟本身就是那個語言。

我變成一個會呻吟的人，這讓大多數的男人感到不安。坦白地說，他們嚇死了。當我大聲呻吟的時候，他們不能集中精神在自己正在做的事。他們會無法專心，接著就全面失守。我們不能在家裡頭做愛，牆壁太薄了。在我住的那棟樓裡我變得聲名狼藉；在電梯裡，人們會用一種輕蔑的目光瞪著我。男人認為我太激烈了，有的人甚至叫我神經病。

於是，我開始對呻吟感到難為情。我變得安靜而有禮貌，我對著枕頭發出聲音，我學會掐住自己的呻吟，壓抑它，就像壓抑一個噴嚏。我開始頭痛，而且出現跟壓力有關的病症。正當我覺得無望的時候，我發現了女人。我發現大部分的女人喜歡我呻吟，但更重要的是，我發現當別的女人在呻吟時，當我讓別的女人呻吟時，我是那麼深深地感到興奮。這變成一件使人熱情如火的事情。

發現了這個關鍵，也就打開了陰道的嘴，解放它的聲音，那是一首狂野的歌。

當我和安靜的女人做愛時，我在她們的體內開發這片土地，而她們則震驚於自己的呻吟。當我和那些已經會呻吟的女人做愛時，她們則是發掘出一種更深沉、更具有穿透力的呻吟。而我自己則整個癡迷了進去。我渴望讓女人呻吟、渴望掌控，就像是指揮，或者是樂團領班。

它好比是一種外科手術，一種微妙的科學，要找尋呻吟的節奏、精確的位置或源頭。我就是這樣稱呼它的。

有時候，我會在女人的牛仔褲上找到它。有時候，我會偷偷地接近它，祕密地、平靜地解除周遭的警戒，然後進入。有時候，我會施加些威力，但絕不是暴力或壓制，那比較像是強力的支配：「我會帶你到一個地方，別擔心，你只要放輕鬆，盡情享受就行。」有時候，它簡直就是日常生活的一部分：甚至在還沒開始辦事之前，正當我們隨意吃著沙拉和雞肉時，我就找到了呻吟，用我的手指，「就在這裡，像那樣，」輕而易舉，就發生在廚房裡，所有一切都混著義大利香醋的酸甜滋味。有時候，我會用些道具，我喜歡道具。有時候，我會讓女人在我面前找到她們自己的呻吟，我等待著，堅持著，直到她完全放開自己。我不會被那種淺顯敷衍的呻吟所愚弄。不，我會督促她再進一步，一直將她推向充滿力量的呻吟。

呻吟有很多種：陰蒂呻吟（一種輕柔的，悶在嘴裡的聲音），陰道呻吟（一種深深發自喉嚨的聲音），陰蒂與陰道相結合的呻吟。前奏般的呻吟（一種暗示的聲音）；差不多快了的呻吟（一種環繞的聲音）；最到位的呻吟（一種較深沉又確定的聲音）；高雅的呻吟（一種老練帶笑的聲音）；葛芮絲·斯力克（Grace Slick）[14]的呻吟（一種唱搖滾樂的聲音）；白種盎格魯薩克遜新教徒的呻吟（沒有聲音）；半宗教性質的呻吟（一種穆斯林禱告的聲音）；山

14 Grace Slick 是美國搖滾女歌手，唱作俱佳，擔任過知名搖滾樂團 The Great Society 等的主唱。

巔上的呻吟（一種約德爾調[15]的聲音）；嬰兒般的呻吟（咕嘰咕嘰的聲音）；小狗般的呻吟（一種喘氣的聲音）；美國南方黑人的呻吟（南方口音，耶！耶！）；隨心所欲、激進的雙性的呻吟（一種連續不斷、低沉帶侵略性的聲音）；機關槍般的呻吟；禪宗受苦般的呻吟（一種扭曲、饑餓的聲音）；歌劇女伶的呻吟（一種高昂、歌劇似的聲音）；腳趾扭纏著的高潮呻吟，最後，還有出人意料的三倍高潮呻吟。

15 一種伴隨快速並重複地進行胸音到頭音轉換的大跨度音階的歌唱形式。產生一串高—低—高—低的聲音。這種利用人聲的演奏技巧在全世界許多文化中都可以找到。（出自維基百科）

完成前面這篇作品之後，我讀給一個女人聽，因為這部作品就是以她的訪談內容為基礎寫的。她並不覺得這部作品跟她有任何關連。提醒你一下，她喜愛這部作品，只是她並沒有在其中看到自己。她覺得我以某種方式避免直接談論陰道，也覺得從某種角度來看，我還是物化了陰道。即使呻吟那段也是將陰道物化的一種方式，將其與陰道的其他部分切開，與女人的其他部分切開。女同性戀者是真的有一些不同的方式來看待陰道，而我還無法掌握那是什麼。

所以我又再度訪談她。

「身為一個女同性戀者，」她說，「我希望你的訪問是以女同性戀者為中心的角度開始，而不是建構在異性戀者的脈絡裡面。例如，我對女人有欲求，可不是因為我不喜歡男人。男人甚至不是這個等式中的一部分。」她說：「你需要談關於進入陰道的事，不這樣做你就無法談到女同性戀的性。」

「例如，」她說。「我跟一個女人發生性關係，她在我身體裡面，我也在我身體裡面。我跟她一起幹我自己，有四根手指在我身體裡面，兩根是她的，兩根是我的。」

我不認為我特別想去談性這件事。但是問題來了，如果對陰道從事的活動避而不談，又要如何去談陰道本身呢？我擔心會有挑逗的因素，擔心這個作品變成一種剝削。難道我談論陰道是為了挑起人們的性慾嗎？而這樣不好嗎？

「身為一個女同性戀者，」她說，「我們對陰道瞭如指掌。我們碰觸它、我們舔它、我們把玩它、我們逗弄它。我們會注意什麼時候陰蒂膨脹，注意我們自己。」

聽她這樣說著，我發現自己感到尷尬。這其中交雜著各種理由：興奮，恐懼；她那麼喜愛陰道，並且從中得到滿足，而我卻保持距離，害怕在你們面前，也就是觀眾的面前，談這一切。

「我喜歡把玩陰道的外緣，」她說，「用手指、指關節、腳趾、舌頭。我喜歡慢慢地進入，慢慢地進入，然後把三根手指頭塞進去。」

「還有其他的洞兒，其他開口，嘴巴就是其中一個。每當我的手有空時，手指就會伸進她嘴裡、伸進她的陰道裡，兩邊同時進行。她的嘴吸吮我的手指，她的陰道也吸吮我的手指，兩邊同時吸吮，兩邊都是溼的。」

我發覺，我並不知道什麼才是「恰當」的行為。我甚至不知道「恰當」這個詞究竟是什麼意思。由誰來決定？我從她告訴我的事情中學到很多很多，關於她的，以及關於我的。

「然後，我自己也溼了，」她繼續說，「換她進入我的身體，我能夠察覺到我自己已經溼了，讓她把手指頭滑進我的身體裡面，讓她把手指頭伸進我的嘴巴裡，陰道也一樣。我把她的手從我的屄拉開，我把我溼了的地方對著她的膝蓋磨蹭，她一向熟悉的做法。然後我將我溼了的地方滑下至她的小腿處，直到我的臉位於她的大腿之間。」

談及陰道會破壞神祕感嗎？或者這只是另一種迷思，讓陰道持續處在陰暗中，持續讓它不為人了解、得不到滿足？

「現在我的舌頭在她的陰蒂上。舌頭取代了手指，我的嘴進入了她的陰道。」

把這些話說出來讓人感覺很調皮，危險，太直接，太明確，不應該，強烈，掌控主導權，活生生。

「現在我的舌頭在她的陰蒂上。舌頭取代了手指，我的嘴進入了她的陰道。」

去喜愛女人，喜愛我們的陰道，去瞭解它們、碰觸它們，去熟悉我們是誰、我們需要什麼。去滿足我們自己，去教我們的情人滿足我們，去出現在我們的陰道之中，去大聲談我們的陰道，去談它們的飢渴、痛苦、寂寞與幽默。去讓它們能夠被看見，以免它們於黑暗之中遭受蹂躪而無人聞問。如此一來，我們的中心、我們的觀點、我們的動力、我們的夢想就不會再被分離、殘缺、麻木、破損、不被看見或蒙受羞愧。

「你必須談關於進入陰道的事，」她說，「來吧。」而我說：「進來吧。」

我演出這個作品已經超過兩年了，有一天我突然想到，這部作品似乎沒有一個獨白提及生產這個議題。這是一個很奇怪的遺漏。最近我把這個想法告訴一個男性記者，他問我：「其中的關聯是什麼？」

將近二十一年前，我領養了一個兒子，迪倫（Dylan），他跟我年紀相仿。去年他和他的妻子希娃（Shiva）有了個寶寶。他們邀請我在生產的時刻到場。儘管我已經對陰道進行過各種研究，但一直到那一刻，我才真正瞭解陰道。如果說在我的孫女蔻蕾（Colette）出生之前，我對陰道存著敬畏，那麼現在，我對陰道抱持著五體投地的崇拜。

我就在那裡，那個房間裡

給希娃

我就在那裡，她的陰道張開著。
我們都在那裡，她的母親，她的丈夫，還有我。
那個來自烏克蘭的護士，她的整隻手
在她的陰道裡觸摸著、旋轉著
她的手戴著橡膠手套，她若無其事地跟我們說著話——彷彿她正在旋開一個滿滿的水龍頭。
我就在那裡，在那個房間裡，當陣陣攣縮
讓她的四肢匍匐，

讓她的毛孔滲出陌生的呻吟，數小時後我依然在那裡，當她突然尖叫了起來，狂野地，她的手臂觸電般地在空中豎立著、伸張著。

我就在那裡，當她的陰道開始改變
從一個羞怯的性器官變成
一條考古學的隧道、一個神聖的器皿、
一條威尼斯的河道、一口深深的井，一個小孩被卡在裡面，
正等著被搭救。

我看到她陰道的顏色正在改變。
看到瘀傷一般破碎的藍色
腫脹起水泡的番茄紅

灰灰的粉紅色，然後一片深深的黑。
看到血像汗水一樣從邊緣冒出來
看到黃色的、白色的液體，糞便，血塊
從所有的洞裡面擠出來，擠得用力再用力，
看到那個洞的裡面，嬰兒的腦袋
幾撮黑色的毛髮，看到它就在那裡
在那骨頭底下的——一個堅硬的圓形的記憶，
而那來自烏克蘭的護士不停地轉動著、轉動著
她那溼滑的手掌。

我就在那裡，當我們兩人，她的媽媽和我各抓住她的一條腿拉開來，推擠著使盡我們所有力氣抵擋她的推擠

而她的丈夫堅定地數著數「一、二、三，」
叫她集中力量，使勁再使勁。
然後我們看進她的身體，
我們無法把我們的眼睛從那個地方移開。

我們忘記了陰道，我們每一個人
還有什麼能夠說明，
我們的不夠敬畏，我們的不夠驚奇。

我就在那裡，當醫生用愛麗絲漫遊仙境的湯匙伸了進去，
她的陰道變成歌劇演員張著的大嘴，
用盡所有力氣唱著；

先是一個小小的腦袋，然後，是灰白鬆垂的胳膊，
然後是那快速泳動的身體，快速游進我們哭泣著的懷裡。

我就在那裡，當我之後轉過頭看著她的陰道，
我站定不動，好讓我能看到她整個伸展著，完全地暴露著
殘破，腫脹，撕裂，
鮮血沾滿了醫生那雙平靜地為她縫合的手。

我站在那裡，當我凝視時，她的陰道突然變成一顆巨大的紅紅的跳動著
的心。

那顆心是準備犧牲一切的，

陰道也是。
那顆心能夠寬恕、能夠修補，
能夠改變形狀讓我們進去，
能夠舒展張開讓我們出來，
陰道也能。
它為我們疼痛，它為我們伸展，它為我們死亡，
它為我們流血，為我們這個艱難的奇異的世界流血。
陰道也是。
我清楚地記得，
我就在那裡，在那個房間裡。

聚光燈獨白

以下每個獨白都是為了V－DAY的聚光燈運動或世界上某個狀況特別寫的。在這些狀況中，女性處於極度的危機之中，被強暴、謀殺、忽視或無法成為自己。我希望藉由述說這些女性受難者的故事，協助她們得到療癒；藉由了解是什麼抹煞了她們，她們將永遠被看見、被尊重、被保護。

回憶她的臉

為艾斯特（Esther）而寫

伊斯蘭馬巴德
他們全都知道，恐怖的某件事情
即將發生
每次他回家的時候
他用各種東西
第一次
他抓起最靠近他的東西
他抓起一個鍋子
他打破她的頭

他用力打她的右眼
下一次
他想了一下
停頓下來
脫下他的皮帶
她的大腿內側便出現一道一道的抽痕
第三次，他要的更多
刻意要傷害她
所以他用拳頭揍她
打斷她的鼻子
他們聽到她的尖叫
他們聽到她的哀求

他們沒有，他們不願，干預
她是他的
這是不成文的律法。
不要問她做了什麼
光是她的那張臉就惹他生氣
就是那張臉，自己討打
最後一次
他再也受不了她
他通通計劃好了
他事先準備了酸液
倒在桶子裡

她說她需要錢，為他們買食物
就是那張臉。
就是那個樣子。那個樣子。那個樣子。
她的臉消失了
完全溶解了
只剩下了眼睛
沒別的了
只剩一片血肉模糊中的眼睛
我跟你說這些，因為
她還在這一團爛肉裡面
在這個怪物般的面具裡面

在已死的自尊心裡面
在他要她消失的期望裡
她在那裡，我發誓
我聽到她嘶嘶作響
我聽到她嘆息
我聽到她想說些什麼
從曾經是她的嘴唇的地方發出聲音
我聽到她了。我發誓
她還在那裡面，活著。
墨西哥的華雷斯城
每個女人都很黑、很獨特、很年輕
每個女人都有褐色的眸子

每個女人都不見了
有個女孩失蹤了十個月
他們抓走她的時候，她十七歲
她在加工出口區工作
她在成千上萬的產品折價券上面蓋章
她永遠也買不起的產品
一天四塊錢工錢
他們付她錢，用公車載她到沙漠
讓她睡在寒冷的爛泥裡
一定是去搭公車的時候
他們抓走了她
外面一定已經天黑了

一定持續到早上
無論他們對她做了什麼
一直一直不停
你可以從其他人身上看出來
她們出現時，手不見了，或是乳頭不見了
一定是一直一直不停。
當她終於再度出現
她只剩骨頭
骨頭，只有骨頭
她右眼上面可愛的痣不見了
頑皮的微笑不見了，波浪般黑髮不見了
骨頭，她變成骨頭回來了

她和其他人
都很美
生命都剛剛開始
都是折價券
所有的臉
通通消失了
三百張臉消失了
三百個鼻子
三百個下巴
三百雙黑色晶亮的眼睛
三百個微笑
三百個黑白混血兒的臉頰

三百張飢餓的嘴
正想要說話
正想要述說
正想要尖叫
現在都成了枯骨
我試著別過頭去
當她在餐廳裡
掀起她的罩袍
當他們在停屍間
掀起塑膠布
原本遮住了

她的頭骨
我試著別過頭去

布卡罩袍（Burqa）之下

為佐雅（Zoya）而寫

（這一段獨白不是關於布卡罩袍本身。穿布卡罩袍顯然是文化和選擇的問題。這一篇是關於女人沒有選擇的某個時代和某個地方。）

想像一片巨大的黑布
罩著你的全身
好像你是個羞恥的雕像
想像只有一點點光線
僅僅足夠讓你知道，別人還擁有日光
想像裡面很熱，非常的熱

想像你被布料包住
被布料，被黑暗淹沒
想像你在這張床單中求情
在布料中伸出手去
你的手必須被遮住、不可以修飾、不可以被看見
否則他們可以砸爛你的手，或是割掉你的手
想像沒有人在你隱形的手上戴上紅寶石
沒有人看得到你的臉
所以你根本不存在
想像你找不到你的孩子
他們來抓你的丈夫
你唯一愛過的男人

雖然是安排的婚姻
他們來了，用他的槍射殺了他
他們找不到的槍
你試著保護他，他們用腳踹你
你背上有四個男人
就在你尖叫的孩子面前
想像你完全瘋了
但是你不知道自己瘋了
因為你活在床單底下
你已經好幾年沒看過陽光了
你迷路了
你依稀記得你的兩個女兒

像一場夢，就像你記得的天空
想像嘟噥著說話
因為語言在黑暗中無法成形
你沒有哭，因為裡面太熱太潮溼了
想像留著鬍子的男人，你只能分辨
他們的氣味
檢查你的襪子然後打你
因為你的襪子是白色的
想像被鞭打
在你看不到的眾人面前
想像受辱如此之深
臉丟光了，一點不剩

也沒有空氣。裡面越來越黑了
想像看不到四周
像個受傷的動物
你無法保護自己
甚至無法躲過側面的攻擊
想像不可以笑
整個國家都不可以，也沒有音樂
你聽到的唯一聲音就是誦經
或其他女人被鞭打的哀嚎
在她們的長袍裡，她們的黑暗裡
想像你不再能分辨
生與死

所以你不再嘗試自殺
因為自殺太多餘了
想像你沒有地方住
你的屋頂就是布料
你在街上遊蕩
這個墳墓
天天越來越小、越來越臭
你開始撞到東西
想像自己還在呼吸卻感到窒息
想像嘟噥和尖叫
在籠子裡
沒人聽得到

想像我在那裡面的裡面
你內在的黑暗裡
我被困在那裡
我在那裡迷路了
在那布料裡
在黑暗中，我們共存在你的腦中
想像你看得到我
我以前曾經美麗
大大的黑眼睛
你會認識我的

他們打我的男孩，想把他體內的女孩打出來……或者他們試著要這樣

為卡爾波尼亞（Calpernia）和安德利亞（Andrea）而寫

五歲時
我幫妹妹換尿布
我看到她的陰道
我也想要
我也想要
我以為會長出來
我以為我會有個開口

我渴望歸屬
我渴望聞起來
像我母親
她的氣息在我頭髮裡
在我手上，在我皮膚裡
我渴望美麗
美麗
我不懂為什麼，在沙灘上，我沒有
游泳衣的上半截
為什麼我穿得不像其他女孩
我渴望完整
我渴望歸屬

我想拋耍軍樂隊的指揮棒
他們指定了性別
我出生的那天
簡直就像被人收養似的胡來
或是被指定住在三十樓的某個旅館房間裡
這跟你是誰
或你有沒有懼高症毫無關係。
但是雖然我被迫
帶著我多餘的裝備
我還是一直知道我是女孩
他們為了這個打我
因為我哭了，他們打我

他們用拳頭揍我，因為我想
碰觸
撫摸
擁抱
幫忙
握住
他們的手
像飛天修女（Sister Bertrille）[16]那樣
在教堂飛起來做側滾翻
編織襪子
帶小錢包去幼稚園
他們每天狠狠的踢我

我去上學的路上。
在公園裡
他們砸我
用彩色筆塗過的指甲
他們打我塗了口紅的嘴唇
他們打我
想把我體內的女孩打出去
或者他們試著這麼做
所以我躲起來了

16 六〇年代美國影集飛天修女（The Flying Nun）中的角色。

我不吹笛子了
「做個男人，保護自己
打回去啊！」
我留了落腮鬍
我個子很高大，這是好事
我加入海軍
「忍耐，繼續。」
我變得麻木
厭倦
有時很殘酷
像個男子漢
像個男子漢

像個男子漢
永遠咬緊牙根，不精確
不完整
我離家出走
輟學
逃兵
跑到邁阿密
格林威治村
阿留申群島
紐奧良
我找到了男同志
狂野的女同志

打了第一劑的女性荷爾蒙
得到許可，做我自己
轉化
旅行
移民
三百五十小時的針刺，熱熱辣辣
我會數著男性細胞一個一個的死掉
十六根男性毛髮不見了
你的臉上有了女性特質
我的眉毛揚得更高了
我很好奇
我提出問題。

還有我的聲音
練習又練習
重點是共鳴位置
唱歌唱歌
男人的聲音單調平板
南方口音真的很棒
猶太口音很有幫助。
「哈囉，我的朋友」
我的陰道友善多了
我很寶貝它
它帶給我快樂
高潮一波又一波

以前都斷斷續續的
我是鄰家女孩
我的中校父親最後
付了帳單
為我的陰道
我母親很擔心
大家會怎麼想
這是她造成的錯誤
直到我去了教會
大家都說，你有個漂亮的女兒
我想要歸屬
我必須很溫柔

我被允許傾聽
我被允許碰觸
我有能力接受。
現在
大家對我好多了
我可以早上醒來
把頭髮綁成馬尾巴
錯誤被改正了
上帝眼中，我是對的
這就像你想睡覺
卻有汽車警報器在響，很大聲
我得到我的陰道時，就像有人

終於關掉了汽車警報器
我現在住在女人圈裡
可是你知道，大家如何看待移民
他們不喜歡你來自別處
他們不喜歡你跟他們混在一起
他們殺了我的男朋友
他正在睡覺時他們瘋狂的打他
用球棒
他們要把這個女孩
從他的頭裡面打出來
他們不要他
和外國人約會

即使她很漂亮
而且她能傾聽，她很善良
他們不要他愛上
不明不白的人。
他們如此懼怕真愛。

（此篇內容根據全美各地變性女人的訪談內容寫成。）

扭曲的辮子

為歐克拉拉．拉卡塔族（Oglala Lakota Nation）[17]的女人而寫

一、

他想出門。
他跟我說「你留在家裡」
我說「我要出去」
他說「你有小寶寶」
我說「這是我們的小寶寶」
我放下寶寶。
他可能感覺到了我的緊張
因為他開始哭了，

那小寶寶。
我抬頭看
他打我耳光，我丈夫。
倒不至於猛烈到把眼圈打黑。
那是以後的事。
就是一個巴掌
在家裡很用力的一個巴掌。
他看著我。
他在微笑。

17 北美洲原住民，居住在位於美國南達科他州的松脊保留區（Pine Ridge Reservation）。

我無法相信。
他在微笑。
他又打了我一巴掌。
他爸爸對他媽媽很兇狠。
我看到他微笑。
怎麼回事？
他是最好的人了。
他有長長的黑頭髮。
我們做愛時，他的頭髮
會鬆開
那是以前。

二、

他帶我去晚宴，
逼我和他老闆出去。
我不想去。
他在桌下踢我，
要我看起來高興點，
要我微笑。
我微笑了。
他又踢我，
問我，我想要
跟誰上床啊？要我不要再
誘惑任何人。

我不微笑了。
他又踢我。
這樣的事情不斷發生。
在餐廳外面
他抓住我的頭髮
把我扯下去
倒在人行道上。
剛下過雪。
他把我埋在雪裡。
他在陰溝裡揍我。
雪在融化。
溼答答的。

我的頭髮感覺像在流血。

三、

他在喝酒。
我也在喝酒。
我一定是喝掛了。
我在醫院醒來。
經過了五次腦部手術。
我的頭髮全沒了。
他們把它剃掉了。
我必須重新學習說話
學習移動我的手臂。

花了我四個月
才記起如何
做早餐。
我記得把
雞蛋放進炒鍋
加進培根肉。
我覺得應該用雞蛋
只是不記得
要先敲開蛋殼。
蛋在炒鍋裡
蛋殼還在。
我的頭是禿的。

四、
十八年了
他打我。
早上
他又好好的了
我幫他編長辮子。
我慢慢的編
好像我很在乎似的
可是我把辮子編得歪七扭八的。
我會把頭髮
弄得翹起來
亂七八糟。

然後他走了，完全忘記了
我臉上的瘀青
是他的掌印。
他驕傲的走在街上。
充滿男子氣概的走在街上。
但是他的辮子好歪好歪
看起來很蠢，錯得離譜。
這件事不應該讓我覺得如此快樂。
真是不應該讓我覺得如此快樂。

五、

聽說他出去了

和一個女人
做愛，她弄亂
他的頭髮，當他狂野的
騎在她身上。
他回了家
很久之後
而他的頭髮綁成辮子
又直又緊。
他昏睡過去
因為喝了太多酒。
於是我起來
拿著剪刀

他打著鼾
我慢慢走近他
把辮子剪掉，
完全剪掉，
放在他手裡
當他醒來
他大吼
「搞什麼鬼？
我要殺了你」
他跳起身，
可是我把他的鞋子綁在一起了
他無法跑。

我沒回去
三年之久
直到我知道他的頭髮又長了出來。

六、

我不想跟他做愛。
他喝醉了。
我只是一塊肉
對他而言，
只是一個洞。
我試著假裝
已經睡著了。

他用手肘撞我，搖醒我
把我拉起身。
我記得心裡想，快一點完事吧。
他一直軟軟的，一直頂
一直頂，直到
我被弄痛了。
我說「這樣不舒服」
他說「你上過誰了？
他比我大嗎？
你喜歡嗎？」
你就像老鼠，跟獅子在一起。
你必須跑得很快

跑去門口。
他抓住我
好像我是一塊破布。
他的眼睛是冷漠的。
我聽見我的兒子尖叫，
他的嘴巴大開
他的扁桃腺，
我可以看到他的扁桃腺。
丈夫把我打個稀巴爛。
他把我的長髮繞在他的手上，
拉我的頭。
我試著去抱我的兒子。

「那不是你的兒子，」他說，
手裡抓著我的頭髮。
「那不再是你的兒子了。」
現在他打電話給我
半夜的時候
哭著。
他不想打他的妻子。
他不想虐待她。
他想自殺。
他知道他的母親承受了些什麼。
但是他停不下來——我的兒子。
他們拿走了我們的土地。

他們拿走了我們的文化。
他們拿走了我們的男人。
我們要他們回來。

（這一篇是根據松脊保留區原住民女性的訪談內容寫成。）

說出來

為慰安婦而寫

我們的故事只存在我們的腦子裡
存在我們被蹂躪的身體裡
存在戰爭的時空裡
空無一物
沒有文件記錄
沒有正式的描述
只有良知
只有這個

他們答應我們：
如果我跟他們走，就可以救我父親一命
我會有工作
我可以為國服務
如果我不去，他們會殺了我
那邊環境更好

我們發現：
那邊沒有山
沒有樹
沒有水
只有黃色的沙子

沙漠
充滿淚水的倉庫
數千個害怕的女孩
他們硬是把我的辮子剪了
根本沒時間穿上內褲

我們被迫做的事：
改名字
穿一件式的洋裝
上面有一顆很容易解開的鈕扣
一天五十個日本兵
有時候來一整船的日本兵

很奇怪的野蠻行為
即便我們流著血，也照樣做
我們很年輕，連初經都還沒來
有好多人
有些人連衣服都不脫
就直接掏出他們的陰莖
太多人了，我已經無法走路
我無法伸直雙腿
我無法彎腰
我無法

他們對我們一再做的事：

詛咒
打巴掌
用力的扭
將裡面血淋淋的東西撕扯出來
閹割
下藥
掌摑
用拳頭揍

我們看到的事：
一個女孩在廁所喝化學藥劑
一個女孩被炸彈炸死

一個女孩被長步槍反覆毆打
一個女孩撞牆
一個營養不良的女孩被丟進河裡
淹死

他們不准我們做的事：
洗澡
走動
去看醫生
用保險套
逃走
留住胎兒

請他停止

我們得到的是：

瘧疾

梅毒

淋病

死胎

肺結核

心臟病

精神崩潰

癔病症

我們吃的是：
米飯
味噌湯
醃大頭菜
米飯
味噌湯
醃大頭菜
米飯米飯米飯

我們變成：
完全毀了
工具

不孕
洞
血淋淋
肉
流放
靜默
孤單

我們還剩下：
什麼都沒有
受到驚嚇而從未恢復的父親
他死了

沒有薪水
傷疤
恨男人
沒有孩子
沒有房子
以前是子宮的地方空了
酗酒
抽菸
罪惡感
羞恥

他們稱呼我們：

慰安婦
做下流工作的女人
我們的感覺：
我的胸膛仍然顫抖
被奪去的是：
春天
我的人生
我們已經：
七十四歲

七十九歲
八十四歲
九十三歲
瞎了
行動緩慢
準備好了
每個星期三，在日本大使館前面
不再害怕

我們要的是：
現在，快一點
在我們死去之前

我們的故事將隨著我們消失
將離開我們的頭腦
日本政府
說出來
拜託
慰安婦，對不起
對我說
對我說對不起
對我說對不起
對我說
對我說
對我說

說出來。
說對不起
說我們對不起
說我
看見我
說出來
對不起。

（這一篇是根據慰安婦的證言所寫。）

V－DAY

V－DAY十周年：改變女人故事的十年

蘇珊．西莉亞．史旺（Susan Celia Swan）、
西賽兒．利浦沃斯（Cecile Lipworth），V－DAY管理主任
波娃．潘戴（Purva Panday），V－DAY活動與宣傳經理

散播消息

在這個時代，世界上每三個女人就有一人在她的一生中經歷過肢體暴力或性暴力。通常，暴力來自她認識的人——親戚、鄰居、某位有權威地位的成人。政治不穩定和武裝衝突，加上宗教、種族和經濟力量的搧風點火，使得暴力發生的機會在這種威脅下更加提高，因為強暴、毆打、性奴隸越來越常被用來做為戰爭的武器了。

雖然暴力來源有很多種，但無論在何種脈絡之下受暴，倖存婦女回應的方式都悲劇般地類似。除了明顯的痛苦和堅強之外，這些倖存的故事迴盪著相同的主題，超越了文化與地域：當局的漠視、為了家庭而本能地否認與守密，以及大眾對於每一天都有數百萬女性受到暴力對待的情況缺乏強力譴責。

V－DAY創始於一九九八年，是一個全球的草根性運動，社會運動者致力於終止對女人和女孩的任何形態的暴力，包括毆打、強暴、亂倫、女性生殖器割除和性奴役。V－DAY運動者相信，如果要終止暴力，整個社群必須將這些侵犯視為犯罪行為。V－DAY活動的設計就是要打破沉默——公眾或個人的沉默——因為沉默讓暴力持續。我們的工作建立在三項核心信念上：藝術可以轉化想法並啟發人們採取行動；持久的社會及文化改變必須靠著尋常人做出不尋常的事情才能推廣；當地女性知道她們的社群需要什麼，她們可以成為所向無敵的領導者。V－DAY是催化劑，是造成改變的火炬。V－DAY的V代表勝利（Victory）、愛人（Valentine）和陰道（Vagina）。

V－DAY經由伊芙・恩斯勒得獎劇作《陰道獨白》的義演，提供了一條通往實際行動的道路。全球的V－DAY運動者用她們的創造力、樂觀、崇敬和遠瞻，在自己居住之地，及全球各地，提升社會的意識並募得資金，以終止對女性的暴力。美國五十州，以及全球超過一一九個國家都有V－DAY的活動。自從一九九八年到現在，美國及世界各地的志工總共演出數千場《陰道獨白》，為V－DAY募款。

演出只是開端。V－DAY也舉辦大規模的募款活動、具有開創性的聚會、放映影片、宣傳，藉此教育社會，改變社會關於「針對女性的暴力行為」的態度。這十年裡[18]，非營利的V－DAY組織已經募得五千萬美元，並向數百萬人宣導女性受暴的議題，試圖終止暴力；經由國際性的媒體、公眾教育和公益廣告（PSA）[19]加以宣傳；在中東展開卡拉馬計畫（Karama

18 本書英文原文版於二〇〇八年出版，為《陰道獨白》劇本出版及V－DAY創立十周年。

19 PSA全稱是Public Service Announcement，又稱為public service ad，是以宣傳公共利益為目的的不收費廣告。

Program）；在世界各地重新開啟庇護之家；在肯亞、南達科他州、埃及、伊拉克、海地以及剛果共和國，資助五千多個以社區為基礎的反暴力計畫和安全之家。

現今，V－DAY存在於人們心中，而非只是存在於一個實體的辦公室裡。很不可思議地，V－DAY是由只有八位有薪給的員工所組成的V－DAY核心團隊（V-Core），她們散居全球，在家裡辦公，維持V－DAY的基本結構，讓全球數百萬名志工得以互相聯繫、獲得資訊以及參與。因此，V－DAY可以將經常費用壓得非常低，募來的錢有百分之四十九都用在服務對象身上。V－DAY董事會（V-Board）的成員是一群非常優秀的女性，遍及影藝界、商業界和私人企業，還有一小群永遠不嫌累的長期志工陰戶合唱團（Vulva Choir）——她們為V－DAY貢獻才華，提供了重要協助。V－DAY的創立者暨藝術總監伊芙．恩斯勒，始終是志工，從來沒有拿過V－DAY

一毛錢。

V－DAY用一個非常獨特的模式，為數百萬人帶來轉變和希望。V－DAY授權給人們以行動支持公益，不分男女都能獲得所需的工具，去終止自己社區中的暴力，開發出最可行的解決方案，以保護女性和女孩的安全。短短的十年裡，V－DAY掙得了許多辛苦贏得的勝利，建立起一個提倡和平與正義的國際社群，在全世界造成深刻長久的影響。V－DAY推翻成見，讓我們看到，以前可以接受的行為，現在已經不再符合良知了。V－DAY提醒我們，終止暴力的奮鬥尚未結束。藉由解放而非譴責，V－DAY成為復原和轉化的載具，成為正在改變暴力文化的運動，每向前踏進一步，便獲得前進的動力。

肇始

一九九四年，紐約的劇作家、演員和社會運動者伊芙．恩斯勒親自訪談了兩百多位來自社會各角落的女性，據此寫成一部誠實、令人心碎，同時又幽默的敘述體作品《陰道獨白》。這齣戲於一九九六年首度由伊芙本人演出，立即得到了包括外百老匯優秀劇目年度獎（Obie Award）在內的眾多肯定和讚賞，場場客滿。伊芙在紐約連著演了半年，然後開始巡迴演出。每一場演出結束後，無數的女人前來與她會面，述說她們從親戚、愛人、陌生人的暴力對待中倖存的故事。看到這麼多女性受到暴力對待，她覺得自己必須做些什麼。她開始認為《陰道獨白》不僅僅是一件討論暴力的動人藝術作品；它可以用來動員大家採取行動以終止暴力。

一九九八年情人節，她和一群紐約志工創立了V－DAY。第一次的V－DAY活動，眾星雲集在紐約市罕莫史坦廳（Hammerstein Ballroom）一起義演《陰道獨白》，當晚座無虛席。光是這一個晚上就募得二十五萬美元。V－DAY運動就此展開。

從一開始，V－DAY就擁有一群有才華的知名演員，能夠吸引公眾注意，讓新的觀眾接觸到這齣戲。口碑傳播得極快。二〇〇一年二月十日，在麥迪遜廣場花園舉行《陰道獨白》慈善公演，一萬八千個座位全部售罄，共募得一百萬美金。世界注意到這齣戲了。

校園宣傳

美國大學校園開始產生興趣了。V－DAY於一九九九年開始了「大學宣傳」（College Campaign）活動。大學宣傳透過學生團體製作並演出《陰道獨白》慈善公演，立即產生數千名「意外的社會運動者」：年輕男女被賦予責任，要讓人們為一個共同目標而聚集起來，要對團體及媒體說明這個活動，以及領導團隊進行公眾教育和募款宣傳。第一年有六十五個V－DAY校園演出。接下來的五年，活動大幅成長，到了二〇〇七年，有七百多家大學申請演出。

在那幾年裡，大學宣傳扮演了重要角色，建立起校園中的反暴力社群，集合一群參與度極高、對議題有所意識、有能力的女人和男人，願意挺身反抗暴力。這些運動者將長遠持續的計畫和活動引進他們的校園，例如每年舉行長達一週的活動，慶祝「無暴力區」（violence-free zone）的建立，以及二十四小時馬拉松分享關於終止強暴的意見及想法。例如亞利桑納州立大學的學生募集了一萬五千美元，成立「安全家園」（Home Safe）計畫，在校園中宣導性暴力預防和教育課程，以及透過V－DAY運動創立了「學生積極終止強暴」（SAFER, Students Active For Ending Rape）計畫，直到現在還在協助學生改變全美校園關於強暴通報的政策。在許多方面，大學宣傳都讓年輕一代的男女見識到新的社會行動典範。現在，我們常常在臉書和其他社群網站上看到V－DAY被驕傲地展示在個人資料裡，或被剛畢業的大學青年列在自己的履歷上。

成為V－DAY運動的一員，代表了終生為所有女性爭取正義的志業。

全球現象

大學宣傳如火如荼到處推行之際，訊息也擴散到了社區積極人士、地方劇院和反暴力組織，於是在二〇〇一年「全球宣傳」（Worldwide Campaign）計畫開始成形。就像大學生義演《陰道獨白》的情況一樣，全球許多社區也開始義演了。從二〇〇一年的四十一個全球宣傳活動，到二〇〇七年的四百個演出活動，參與的地方熱心團體與志工越來越多，代表了活動的成功。

V－DAY全球宣傳所募得的款項，讓許多強暴危機處理中心以及其他致力於終止對女性的暴行的組織得以持續運作，或是協助它們擴展服務。例如，二〇〇三年，肯亞首都奈洛比演出《陰道獨白》的票房收入，協助因為缺乏經費而關門的婦女庇護所重新開始營運。許多V－DAY志工也協助制定政策的人承諾要正視並終止社區裡對女性施暴的情況，例如在婆羅洲（Borneo），人們現在鼓勵大家將強暴案件送到民事法庭而非原住民法庭審理，因此受害者的權利可以獲得較好的法律協助；又或者美國眾議院最近通過了一項大家期待已久的議案，要求日本對慰安婦[20]道歉。V－DAY影響了對女性施暴的文化，變為負責任的態度。

V－DAY模式不斷擴展

隨著V－DAY運動不斷成長，各個社區對V－DAY的興趣越來越大，因此或許可以將一個地區的V－DAY工作予以整合協調，而同一個城市裡開始有許多團體登記舉辦不同的V－DAY活動。伊芙和V－DAY團隊於二○○六年六月首次將整合協調的構想付諸實行，在V－DAY的誕生地紐約，計劃了為期兩週的「直到暴力終止：紐約市」（Until the Violence Stops:

NYC）戲劇節，包括演講、表演和社區活動。一百多位作家和五十位演員貢獻他們的才華，創作了四場眾人爭相目睹、聲名大噪的大帳篷演出；紐約市五大行政區的數千名在地社運人士，也舉行七十場當地的社區活動。這個戲劇節讓「對女性及女孩的暴力」議題在人口八百萬的紐約市成為非常重要的焦點，啟發並鼓勵V－DAY志工網絡在各自的城市也舉辦類似的戲劇節。

戲劇節活動產生了新的內容，最後形成《一段回憶、一段獨白、一場吶喊、一個祈禱》（*A Memory, a Monologue, a Rant, and a Prayer*），於二〇〇七年五月出版，是一本包含了世界知名作家和劇作家的原創文集。紐約戲劇節也產生了另一本文集《我們之中任何一個：獄中文字》（*Any One of Us: Words*

20 一九三二到一九四五年之間，日本軍方從臺灣、中國、韓國、菲律賓、印尼、馬來西亞、荷蘭和東帝汶綁架了五萬到二十萬名女孩與年輕女子，強迫她們在「慰安所」當性奴隸服務日軍。

from Prison），內容是獄中女性的書寫，重點在於呈現被監禁的女性與她們自身暴力歷史的關聯。自從首屆紐約戲劇節之後，俄亥俄州東北部和肯塔基州都舉辦了同樣的戲劇節。這兩州的活動將V－DAY理念呈現給兩百多萬人，讓人們更加瞭解當地組織對於阻止對女性和女孩施加暴力的在地工作。二〇〇八年，巴黎和洛杉磯也首度舉辦了戲劇節。

推進

V－DAY運動摧毀禁忌，掀起蒙蔽的面紗，揭露對女性的暴力行為，並不斷往前推進。多年來，V－DAY運動不斷遇到阻力，但是V－DAY永遠選擇說出真相，將對於女性的暴力以及女性的性慾攤在陽光下，而不是繞著圈子迴避。當伊芙．恩斯勒首次演出《陰道獨白》時，「陰道」兩字還充滿爭議性、讓人不舒服。廣播電台拒絕說出「陰道」這個字眼；電視台播放了整段的獨白，卻從頭到尾沒提到那個詞；報紙則用字首縮寫交代了事。十年後，《陰道獨白》成為大眾文化的一部分，大家在電視上和廣播節目中公開說出「陰道」這個字眼，全世界的報紙雜誌也毫無拘束地出現這個字眼。讓主流媒體說出、印出「陰道」這個字眼，顯示V－DAY已經成為催化劑，改變文化、打破禁忌，讓沉默的受難女性永遠的被看見了。

V－DAY多年來與阻力對抗，提供了校園和社區獨特的機會，將負面回應轉化為學生、老師和社區人士之間的正面對話。這些阻力創造了一個環境，使固執的成見有機會改變，在許多不同的情況下，促使不同群體凝聚在一起，互相支持，捍衛《陰道獨白》的演出。

二〇〇五年，聖母大學（Notre Dame University）校方禁止校內演出《陰道獨白》，引起廣泛的辯論，結果伊芙和校方人員在校園內進行專題討論。隔年，聖母大學校長約翰．堅金斯牧師（Rev. John I. Jenkins）宣布允許《陰道獨白》在校園演出：「《陰道獨白》的創作背景很有創意，可以在重要議題上，經由有建設性、有收穫的對談，為天主教傳統帶來某種視野和角度。這是面對未來的一個良好模式。」同樣在二〇〇五年，即使有國際媒體的密切監督，烏干達政府仍然勒令停止在坎帕拉（Kampala）的《陰道獨白》演出籌備。但是，社會運動者仍然為里拉女性和平倡議組織（Lira Women's Peace Initiative）和奇特剛女性和平倡議組織（Kitgum Women's Peace Initiative）募到了一萬一千美元；這兩個當地婦女機構的成立宗旨是維護烏干達北部的女性安全。二〇〇六年，V－DAY運動再度陷入爭議，普洛威頓斯學院（Providence College）校長禁止每年例行的《陰道獨白》公演，兩百多人示威抗議，整個羅德島州的V－DAY負責人（以及許多資助演出的人）特地跑來支援普洛威頓斯學院的V－DAY負責人，協助他們安排在校外演出。之後也都一直在校外演出。

爭議吸引了媒體報導，讓世界性的對談得以展開，正是V－DAY所尋求的改變的一部分。

V的世界（V-World）

二〇〇二年，V－DAY開始名為「到處都是阿富汗」（Afghanistan Is Everywhere）的活動。在這場活動裡，V－DAY遍布世界各地及大學宣傳的二〇〇二位負責人，被要求在他們各自的活動中提供相關資訊，讓更多人注意到在塔利班統治下的阿富汗女性處境。每場活動都捐出收入的百分之十，金額高達二十五萬美金，用以協助阿富汗女性、開設學校和孤兒院，以及提供教育和健康照護。

這次活動的成功，演變成現在每年一度的V－DAY聚光燈宣傳活動（V-Day Spotlight Campaign）。從「到處都是阿富汗」這個活動開始，V－

DAY聚光燈宣傳主題至今包括：「北美洲原住民女性」（Native American and First Nations Women）、「墨西哥華雷斯城的失蹤及被謀殺女性」（The Missing and Murdered Women in Juárez, Mexico）、「伊拉克女性」（The Women of Iraq）、「慰安婦正義」（Campaign for Justice to "Comfort Women"）、「衝突地區的女性」（Women in Conflict Zones，包括剛果共和國東部的女性）、「紐奧良的女性」（The Women of New Orleans），這些活動為這些地區的女性募得數十萬美元的捐款，並讓大眾看到她們面對的議題。

V－DAY鼓勵賦予當地婦女權力，讓她們自己領導活動，在極為多樣化的地方、社會、政治和宗教背景中，討論如何促進改變並取得共識。我們認為，當地社會運動者必須居於主導地位，以策劃出適合她們社區的活動。

經由當地社會運動者的努力，V－DAY在肯亞納羅克（Narok）這樣偏遠的小城得以付諸實行。因為一位馬賽（Massai）女子的故事和V－DAY的思維不謀而合，V－DAY開始在肯亞馬賽社區推動終止女性生殖器割禮的工作。十五多年前，艾格妮絲．帕瑞里歐（Agnes Pareyio）就開始教導年輕女人和女孩關於女性割禮的危險性。艾格妮絲和V－DAY團隊建立了深刻的友誼，而後成為工作夥伴，在二〇〇二年促成了第一所V－DAY安全之家的誕生。納羅克的女孩可以到這裡來接受教育以及居住，不用害怕遭受割傷，因此這所V－DAY女孩安全之家（V-Day Safe House for the Girls）的成功非常重要，啟發了整個非洲的眾多女性領導者願意和V－DAY合作，終止非洲的女性割禮。今天，V－DAY正在協助艾格妮絲建立第二所安全之家，讓更多女孩可以茁壯成長。

在海地，V－DAY受到全心奉獻且熱情的女權運動者的啟發，和女性署（Ministry for Women）在太子港合作，建立了V－DAY海地姐妹安全之家（V-Day Haiti Sorority Safe House）。這是海地有史以來第一所長期性的女性安全之家，為社會各階層的女性倖存者和她們的孩子提供住處，也是受虐婦女的避難所，為她們治療創傷並提供職業訓練。V－DAY在海地角協助購買了一棟房子，讓當地志工機構使用。在剛果共和國的布卡武，V－DAY正在計劃建立喜悅之城（City of Joy），可以收容一百位性暴力倖存女性，改變她們的人生。

二〇〇五年，藉由卡拉馬計畫，V－DAY的觸角往中東伸展蔓延。卡拉馬在阿拉伯語裡是「尊嚴」的意思，這個計畫支持終止對女性施暴的區域性社會運動，主導的當地女性社會運動者來自八個不同的領域：政治、經濟、健康、藝術與文化、教育、媒體、法律、宗教。總部設在開羅，在約旦的安曼（Amman）則設有一個區域性辦事處。卡拉馬計畫在埃及、黎巴嫩、約旦、巴勒斯坦、摩洛哥、阿爾吉利亞、敘利亞、蘇丹和突尼西亞國內及國際之間建立人際網路，讓這個區域的社會運動者得以藉由這個計畫所提供的架構聚在一起，合作推動女性平等、平權的運動。在二〇〇八、二〇〇九年，卡拉馬資助各國進行的聯合計畫以及個別計畫，也持續支持區域代表爭取在聯合國以及其他國際舞台上提出建言的機會。卡拉馬已經受邀加入阿拉伯女性的非政府組織，正在協助建構一個獨特的同盟關係，能夠在關鍵性的未來數十年中代表中東女性的聲音。

V-DAY十周年：接下來的十年

二〇〇八年二月，V-DAY成立十周年。四月十二日，V-DAY的活動佔據了紐奧良，邀請了一萬八千位V-DAY社會運動者在紐奧良運動場聚集，見證並參與V-DAY十周年紀念會，以藝術、活動、工作坊，邁向V-DAY運動的下一個十年。眾星雲集的演出和協調整合的媒體宣傳，提醒世人V-DAY從一九九八年以來獲得的成就，並運用這次的媒體曝光讓大家注意到尚待努力的任務。我們選擇紐奧良做為這個V－DAY重要歷史時刻的地點，是因為卡崔娜颶風（Hurricane Katrina）倖存者的悲慘遭遇也代表了世界各地許多女性的遭遇：嚴重的暴力、經濟和種族的不公不義，公部門也無法提供保護。

V－DAY十周年讚頌陰道戰士們——世界各地的男男女女倖存者目睹了超出尋常的暴力，在哀傷之後，將其一生奉獻於終止暴力，而不是復仇。V－DAY和卡崔娜戰士聯盟（Katrina Warrior Network）合作；這個組織由當地各個草根團體組成，協助居住或回到紐奧良的婦女和女孩重建人生。我們攜手合作，希望能團結、激發、參與並轉變紐奧良的社區，形成一個經由重建和超越而維持下去的結構。

V－DAY和艾西文化藝術中心（Ashé Cultural Arts Center）合作推出紐奧良女性藝術家的新創作，《往上游》（*Swimming Upstream*），其首演做為十周年紀念的一部分，接著則到數千所大學和社區進行V－DAY宣傳，以紐奧良為議題展開對話。

V－DAY十周年是一種提醒和召喚，鼓勵大家採取行動。這再次證明藝術可以改變思想、激勵大家起而行，更說明了長遠的社會和文化改變，是藉由尋常的人們做出不尋常的事蹟而得以推展擴散。這也證明了地方婦女在解決自己社區的暴力問題方面，是不可阻擋的、強而有力的領導者。V－DAY十周年提醒世界，這十年裡V－DAY取得了多大的成就，同時也挑戰世界、邀請世界加入我們齊肩並行，前面的路還很漫長。

十年裡，我們看到了極大的改變，以及在某些特定戰役的勝利。想像一下，十年後，我們會在哪裡？有了你的協助，我們能終止對婦女和女孩的暴力。我們會一直努力，直到暴力終止。

請加入我們！

V－DAY的聲音：
全世界志工網絡所提供之見證與思考

《陰道獨白》在阿布哈（Abuja）和拉寇斯（Lagos）的演出幫奈及利亞前所未見的社會運動鋪好了路，這個運動的主題圍繞著性解放、終止暴力和要求平等。

——V－DAY世界組織者，奈及利亞，拉寇斯

我參與了不列塔尼（Brittany）首次的V－DAY……我現在是家鄉布里斯特（Brest）受暴婦女之家的董事之一……許多年前，我沒想過自己會如此深入參與保護女性權益的運動。

——V－DAY世界組織者，法國，不列塔尼

我念高中的時候首次讀到《陰道獨白》，我覺得自己找到了救贖。不論是

女性、男性或孩子都應該聽到這個訊息。這是真理，也是美和希望，我們不需要相信上帝就可以看得出來。我想要像傳福音似的宣傳這齣戲……我相信，男性、女性或孩子看了《陰道獨白》都會獲益。

希望V—DAY會持續下去，直到我們通通變成和平使者。

——托娃．菲德曼斯敦（Tova Feldmanstern）《為何〈陰道獨白〉比聖經更好》（*Why "The Vagina Monologues" Is Better Than the Bible*）的作者

我對天主教機構極為憤怒，他們毀謗《陰道獨白》，並試圖阻止天主教學校演出《陰道獨白》。我相信，基督降臨帶來的訊息就是每個人都是平等的。因此，我對《陰道獨白》的欣賞和我的天主教信仰毫無違背——相反的，這讓我更堅定信仰。伊芙讓我對人性，尤其是對女性，有了新的理解……我要盡全

力確保《陰道獨白》可以在天主教學校演出，我可不會讓教會忘記陰道的存在。我希望有一天能夠成為神學家。我可以保證，我的神學思考將反映了我新得到的、對女性的欣賞與理解。我還有很多需要學習的地方，但至少我已經開始了。

——喬・葛雷（Joel Gray），密西西比州

她每天都必須承受
對我們而言令人害怕的事情
但那是她的惡夢
痛苦是真實的
而我無法理解

什麼讓一個男人
令女人痛恨自己
讓她覺得自己一無是處
但如果一切都枉然，你該怎麼辦？
沒有對象可以求救
沒有對象可以訴說
這就是她的生活
她活著的地獄
為了幫助她
我們不只需要警察
所以，支持V－DAY，直到暴力終止吧

——艾瑪．派克（Emma Parker），十三歲

V－DAY不是網站，或資源，或社會運動。V－DAY是一群人，在她們的心裡和陰道深處懷抱著一個目標——希望世界不再有暴力。

——剛尼森（Gunnison）V－DAY，科羅拉多州

我因為參與V－DAY，所以感覺擁有了某種力量，我不確定其他時候我是否能夠擁有這種感覺。去急診室很困難，做強暴檢查更困難。去警察那裡指認攻擊我的人也很難。

我相信在即將來臨的日子裡，我坐在法庭中，重新回顧這個經驗，會更困難。但是V－DAY和受害者援助（Victims Outreach）讓我心安，知道女性受到如此對待時可以反抗。我不用保持沉默，我不需要假裝事情從未發生。有一個支持系統存在著，等著向我伸出援手。謝謝你。我確實覺得獲得掌控自己生命的力量。我希望V－DAY運動能夠一直持續，讓失去聲音的人再度擁有發

聲的機會，讓從未擁有自己聲音的人得到聲音，讓想尖叫的人聲音更宏亮。

——V－DAY組織者，德州大學，達拉斯（Dallas）

謝謝，你又改變了一個男人看待生命的方式，讓他更瞭解世界上的女性受到何種對待，也讓他更決心幫忙終止這一切。

——麥克（Michael）

我每次讀一段獨白，都更以身為女性為傲，很榮幸知道自己參與了改變世界的社會運動。謝謝你們所做的一切，謝謝你們讓我為自己是誰、成為什麼人而感到驕傲。

——V－DAY大學運動的演員

站出來反抗強暴、亂倫、虐待、女性生殖器閹割、性奴役的問題，這是一項巨大的社會、政治和個人工程。每一位自認是女性主義者或社會運動者的人，都有責任致力於提升民眾意識、募款和為女性發聲。

——喬丹（Jordon），伊利諾學院（Illinois College）V－DAY運動組織者

身為女同性戀者，我很高興地發現大部分異性戀女性對陰道的感想和我類似……我也很高興看到女同志被肯定和支持。不過，我的性向和我欣賞這本書並沒有關係。我個人受到啟發，也感覺到了女性的團結。這本書讓我終於瞭解，我是一個女人。

——喬安娜（Joanna）

身為韓裔女性，我深深感到感動和感激，因為《陰道獨白》談到了對韓國

人而言很重要的議題，也就是二次世界大戰「慰安婦」的議題……我也受到了啟發，看到劇場可以有這麼強大的力量對全球大眾進行宣導，讓我們看到平常不會注意的議題。為這個一生難得的經驗，我致上誠懇、深刻的感謝。

——珍（Jean）

我在婆羅洲組織V－DAY活動的經驗，讓我獲得非常大的力量、自信和信念，讓我得以追求自己的夢想，發揮我最大的潛力。我三十五歲，已經為人妻，也是兩個小孩的母親，我只想從心底裡大聲地說：謝謝！你們改變了我的人生。

——V－DAY世界組織者柯塔．奇納巴魯（Kota Kinabalu），婆羅洲，馬來西亞如果在舞台上呻吟意味著至少有一位女性不需要再因為傷害而痛苦呻吟，有一天我的姐妹可以在公園散步而不用懼怕遭到強暴，我的姪女可以在沒有暴力的世界成長，那我就呻吟……再呻吟。

——柯塔．奇納巴魯，婆羅洲，馬來西亞演出的演員

我參與《陰道獨白》，這是我報答祖先的諸多方式之一。《陰道獨白》從祖母、母親和女兒身上擷取生命教訓，就像花環上的花朵，一朵接著一朵。《陰道獨白》將這條菲律賓聲音的花環，帶給現在和未來的一代又一代年輕人，以尊崇和拯救生命。當一位編花環的人吧，幫助下一代以及我們自己實現祖先們夢想的日子。

——V－DAY參與者，懷帕胡（Waipahu）和檀香山（Honolulu），夏威夷（在夏威夷，首度跨世代、多語言演出的《陰道獨白》，使用了他加祿語〔Tagalog〕、

伊洛果語〔Ilocano〕、維薩亞斯語〔Visayan〕和洋涇濱英語〔Pidgen English〕）

我們做到了！我們從媒體和大眾獲得前所未有的支持。有一段時間，到處都看得到《陰道獨白》。如果你開車經過教堂街，你會看到一個巨大的黑色看板，上面有白色的陰道圖案，幾公尺之外就看得一清二楚。打開報紙，你會看到《陰道獨白》。聽廣播節目，你會聽到《陰道獨白》。看電視，你會看到《陰道獨白》……兩場演出的票早在演出幾天之前就都賣光了，這在尚比亞（Zambia）劇場還從未發生過呢。觀眾裡有國會議員、有學生……什麼樣的人都有。即使被派去監督的情治人員也忘記了自己的任務，充分享受演出。表演結束後有討論會，幾代以來無法言說的議題都被提出來討論了。

——V－DAY，露沙卡（Lusaka），尚比亞

正如所有的獨白，一開始，光是聽到「陰道」兩字就令人震驚，但是更驚人的是，其他字眼多麼的敏銳細膩。在我的獨白中，伊芙．恩斯勒補捉到的重點精華不僅僅是身為女性的某些奇妙之處，也包含因此產生的所有情緒。獨白很幽默而深刻，生猛活潑卻又溫柔，非常的美。這不是我聽說過的《陰道獨白》。我知道它應該會令人震撼，但它同時也很美……其中有幽默的獨白、獲得力量的獨白、悲劇的獨白。有些獨白如此熟悉，簡直是為我量身而寫的。其他獨白很陌生，我之前從不知道這些事情（例如女性生殖器閹割），我非常震驚。整體而言，獨白讓觀眾瞭解全球女性面對的哀傷與危險，同時也提醒觀眾身為女性的喜悅放諸四海皆準。所有的獨白共同創造了一幅身為女人意義的動人圖像。

——崔斯坦（Tryston），V－DAY，聖約翰大學（St. John's College），聖塔菲（Santa Fe），新墨西哥州

我們在這個區域首次用西班牙語製作了《陰道獨白》的演出！兩個晚上的演出都客滿了，觀眾還要求明年在更大的場地演出更多場。其中一位得到資助的是藝術療癒（Arte Sana）……一個經營困難的草根性組織，她們致力於提升拉丁美洲社群對婦女權益的意識。募款對她們極有幫助，讓她們能夠支付基本運作費用以繼續提供服務。

——V－DAY，奧斯汀（Austin），德州

在貝爾格勒（Belgrade）以及塞爾維亞（Serbia），我們首度在公眾機構和公共空間（六百個座位，座無虛席）聽到這些字眼：屄、陰道、女同性戀、亂倫、生殖器官閹割、家暴、性暴力！

驚人的事情發生了：男人在哭泣……大部分的人甚至無法描述發生了什麼事情……他們理解了一些什麼，但沒有憤怒或防衛心態。

——V－DAY，貝爾格勒，南斯拉夫（Yugoslavia）

V－DAY宣言

直到暴力終止

V－DAY用經過組織的方式，反對施加於女性的暴力。

V－DAY是一個願景：一個女人可以安全而自由地生活著的世界。

V－DAY是一項要求：強暴、亂倫、虐待、生殖器閹割和性奴役必須立即終止。

V－DAY是一種精神：我們相信女性的一生應該用來創造和茁壯成長，而不是僅僅為了生存，或是從恐怖的暴行中復原。

V－DAY是一個催化劑：經由募款和提升大眾意識，團結並強化反抗暴力的勢力。我們要讓影響無遠弗屆，在全球建構新的教育、庇護和立法的基礎。

V－DAY是一個過程：只要社會還有需要，我們就會繼續努力。除非暴力終止，否則我們不會停止。

V－DAY是一個日子。我們將情人節定為V－DAY，讚頌女性，終止暴力。

V－DAY是一個猛烈、狂野、無法遏止的社會運動，也是一個社群。加入我們吧！

請造訪我們的網站：www.vday.org

V－DAY時間表：
十年的陰道勝利

這十年裡，V－DAY運動迅速成長。以下是簡略的時間表，記錄著我們一路以來的諸多勝利。

一九九八年

一九九八年二月十四日，舉辦了第一場V－DAY活動，是一場兩千五百個座位都客滿的《陰道獨白》演出，地點在紐約市罕莫史坦廳，為當地反抗暴力的組織募得二十五萬美元。這個晚上的演出有超過二十位演員，包括貝蒂（BETTY）[21]、趙牡丹（Margaret Cho）[22]、葛倫．克蘿絲（Glenn Close）、伊芙．恩斯勒（Eve Ensler）、吉賽兒．佛南戴斯（Giselle Fernandez）、卡莉絲塔．佛拉赫特（Calista Flockhart）、琥碧．戈柏（Whoopi Goldberg）、克萊斯莫女人（the Klezmer Women）、雪莉．奈特（Shirley Knight）、索拉亞．邁爾（Soraya Mire）、凱西．娜吉米（Kathy Najimy）、羅西．培瑞茲（Rosie Perez）、漢娜．恩斯勒－里韋（Hannah Ensler-Rivel）、羅賓．羅伯特（Robin Roberts）、薇諾娜．瑞德（Winona Ryder）、蘇珊．莎蘭登（Susan Sarandon）、洛伊絲．史密斯（Lois Smith）、菲比．史諾（Phoebe Snow）、葛羅莉亞．史坦能（Gloria Steinem）、瑪麗莎．托梅（Marisa Tomei）、莉莉．湯姆琳（Lily Tomlin）、烏拉利（Ulali）[23]、芭芭拉．華特絲（Barbara Walters）以及尚塔爾．威斯特曼（Chantal Westerman）。

21 美國女子另類搖滾樂團，頗受同性戀者歡迎，二〇一四年五月曾受邀為美國白宮舉辦的活動獻唱。

22 韓裔美國人，以脫口秀節目聞名，她在節目中對常針對性別、種族議題加以嘲諷。

23 美國女性原住民無伴奏三人合唱團。

一九九九年

V－DAY在英國倫敦有名的老維克劇院（Old Vic Theatre）舉行義演。募得款項捐給英國及國際上致力於終止對女性施暴的非政府組織。演員包括吉蓮·安德森（Gillian Anderson）、凱特·布蘭琪（Cate Blanchett）、蘇菲·達爾（Sophie Dahl）、克里斯汀·阿曼普（Christiane Amanpour）、伊莎貝拉·羅塞里尼（Isabella Rosellini）、梅拉尼·格里菲思（Melanie Griffith）、喬莉·理查森（Joely Richardson）、米拉·賽爾（Meera Syal）和凱特·溫斯蕾（Kate Winslet）。第二天，演員披著紅色羽毛長圍巾的照片出現在倫敦六大報紙的頭版。

美國和加拿大有超過六十六所學校接受V－DAY的邀請參加大學宣傳活動。根據參與學校的報告數據，共有兩萬多人參與了V－DAY。

二〇〇〇年

大學宣傳活動擴展到全美和全世界的一百五十所大學，是一九九九年的兩倍。

二〇〇一年

二月十日，V－DAY在麥迪遜廣場花園的演出客滿，一萬八千個座位座無虛席，七十多位演員參與演出。單單一晚的演出就募得一百萬美元。觀眾包括V－DAY國際「終止強暴」比賽入選決賽的參加者；這個比賽的得獎人凱琳．海西柯（Karin Heisecke）來自德國，她提出麵包袋（Bread Bag）計畫，請當地麵包店在包裝麵包的紙袋印上女性受暴事件的統計數字，以及暴力受害者緊急救助電話號碼。

十二月，V－DAY和「平等！現在！」組織（Equality Now）[24]合作，在布魯塞爾（Brussels）舉辦阿富汗女性民主高峰會（Afghan Women's Summit for Democracy）。五十多位阿富汗婦女共聚一堂，規畫出塔利班統治之後的社會藍圖。這些女性後來從全阿富汗三十二個省份得到十二萬八千份簽名聯署，呼籲重建和平以及裁軍。這份聯署最後被送到阿富汗的聯合國總部，聯合國決定解除九百位公民的武裝。V－DAY持續提供經費給阿富汗女性革命協會（Revolutionary Association of the Women of Afghanistan, RAWA）。

大學宣傳活動擴展到二百三十所校園，募得六十二萬美元，全數捐給當地女性組織。V－DAY開始進行世界宣傳，在全球四十多個城市舉行V－DAY活動，募得並捐出超過三十五萬美元給當地組織。

二〇〇二年

舊金山的V－DAY名人募款活動募得五十多萬美金，捐給二十四個當地反暴力組織。

一群有色人種的女性名人在紐約市哈林區舉世聞名的阿波羅劇院義演《陰道獨白》，票房所得捐給「非裔美國人終止對女性施暴特別小組」（African-American Task Force on Violence Against Women）、多明尼加女性發展中心（Dominican Women's Development Center）、暴力干預計畫（Violence Intervention Program）和南亞女性之友（Sakhi for South Asian Women）。

---

24 成立於一九九二年的非政府組織，致力於保護並提升全世界婦女及女孩的人權。

Ｖ－ＤＡＹ開始了印第安保留區計畫（Indian Country Project），讓更多人知道美洲原住民女性受暴的驚人比例。蘇珊．藍星．伯伊（Suzanne Blue Star Boy）組織了二十五場在原住民保留區舉行的Ｖ－ＤＡＹ活動，並且／或者將所得在二〇〇三年Ｖ－ＤＡＹ捐給原住民組織。Ｖ－ＤＡＹ提供在南達科他州松脊保留區（Pine Ridge Reservation）建造一所安全之家的資金。

經由艾格妮絲．帕瑞里歐的努力和領導，肯亞納羅克成立了第一所Ｖ－ＤＡＹ女孩安全之家（V-Day Safe House for the Girls），為逃離女性生殖器割禮的非洲女孩提供協助。這所安全之家可以讓五十位女孩居住，並持續接受教育。

九月，在羅馬舉行高峰會，包括阿富汗、波士尼亞、瓜地馬拉、肯亞、菲律賓、南非、美國等十七個國家的三十多位Ｖ－ＤＡＹ社會運動者聚集一堂，商討如何終止全球對婦女及女孩的暴力。

超過五百一十四所大學參與了大學宣傳活動，世界宣傳活動則擴展到了全球二百四十五個國家，在三十五個國家舉辦了兩千多場義演。

二〇〇三年

由明星和社運人士擔任主角的V－DAY公益廣告（Public Service Announcement，PSA）首次登場。平面廣告刊登在三十多種雜誌中，包括《時代雜誌》（*Time*）、《美麗佳人》（*Marie Claire*）、《*Spin*》和《紅書》（*Redbook*）。電視廣告由終生電視（Lifetime Television）免費製作，播出一百多次，觀眾多達一千萬人次。

V－DAY在喀布爾（Kabul）為來自三十五個阿富汗組織的八十位阿富汗基層女性領袖、律師、社會運動者和教師舉辦高峰會，提供她們領導訓練和建立人際網絡的機會。

V－DAY贊助一場在塞拉耶佛（Sarajevo）舉辦的「跨越差異的界限」（Crossing the Borders of Difference）研討會，讓說不同的方言、認同不同族群的婦女一起對話，討論在這個充滿戰爭和強暴的地區尋找和平的可能。

在馬尼拉（Manila），新聲音劇團（New Voice Company）[25]和菲律賓（Philippine）女性立法者以及國會議員，為菲律賓參議院和眾議院舉辦V－DAY活動，主題集中在家庭暴力和性人口販賣的法案。一年之後，法案通過了。

倫敦的活動的演出陣容包括：三十六位殘障女性，以及十四位手語翻譯者、字幕人員、用口語描述劇情的人員和障礙協助者。

四月，基層社會運動者妮海特．里茲維（Nighat Rizvi）匯集了頂尖的巴基斯坦演員，在巴基斯坦的伊斯蘭馬巴德首度製作了V－DAY活動。兩百多人參與，還到拉合爾（Lahore）和喀拉蚩（Karachi）巡演。

立陶宛V－DAY以「廣播劇場」形式在國家廣播電台演出。當地的廣播劇已經有七十年的歷史了，是許多鄉下民眾的重要娛樂。

十二月，V－DAY到了以色列和巴勒斯坦，傾聽當地女性討論她們對於安全、平等、公平正義與和平的急迫需要。

超過五百九十八個校園參與了大學宣傳活動，超過二百九十四個城市參與了世界宣傳活動，總共包括三十八個國家和二千四百場義演。

二〇〇四年

二月十四日，V－DAY和國際特赦組織（Amnesty International）在墨西

25 菲律賓劇團，成立於一九九四年，所製作的戲劇關心當代的政治、社會議題，其大膽、創新被譽為亞洲最受重視及讚譽的戲劇團體之一。

哥華雷斯城合辦了一場七千五百人的遊行，抗議社會漠視當地數百位年輕女性失蹤或被謀殺的狀況。這場遊行讓V－DAY開始要求全世界關注華雷斯城發生的女性謀殺事件。V－DAY繼續支持朋友之家（Casa Amiga）及其他當地的非政府組織，為家人失蹤的家庭提供服務和代言。

在麻省的安默斯特（Amherst）一所中學，舉辦長達一週的V－DAY教育計畫，受到全美媒體報導，包括《時代雜誌》和《今日》新聞節目（Today show）。

V－DAY的紀錄片《直到暴力終止》在日舞影展（Sundance Film Festival）首映，並於二月時在終生電視台播放。

在開羅，伊芙、埃及演員以及來自黎巴嫩、卡達（Qatar）和沙烏地阿拉伯的年輕女性一起製作、演出三場沒有公開的《陰道獨白》，場場客滿，一票難求。募得的款項用來裝修一所女性庇護所，這是中東地區第一所類似的機構。

V－DAY在印度慶祝南亞女性主義者的努力成果，兩場由印度和巴基斯坦演員聯合演出的《陰道獨白》都客滿了。演出的時候，剛好一場南亞社會運動者的研討會同時舉行，成員來自印度、巴基斯坦、孟加拉、尼泊爾、阿富汗和斯里蘭卡。兩個活動都受到印度和國際媒體的廣泛報導，包括《印度時代雜誌》（*The Times of India*）、英國廣播公司（BBC）和美聯社（Associated Press），在印度次大陸這塊土地上造成大量的注意。V－DAY並協助支持在印度北部喜馬偕爾邦（Himachal Pradesh）開設一家女性庇護所。

三月八日，一群女性國會議員和內閣官員在倫敦標準戲院（Criterion Theatre）演出《陰道獨白》，全場客滿。同時，全英國也有七十多場地方性的演出。

四月，洛杉磯太平洋設計中心（Pacific Design Center）舉辦了第一次的跨性別V－DAY活動。女性演員根據自身經驗首度演出新的獨白《他們打我的男孩，想把他體內的女孩打出來……或者他們試著要這樣》。

歐盟贊助經費，讓英國、法國、德國和盧森堡的組織者創立了歐洲V－DAY（V-Day Europe），目標是支持地方組織，在歐盟動員政治和公眾支持，發展永續的、廣泛的、各行各業、各個研究領域的歐洲人際網路，致力於終止對婦女和女孩的暴力。

六月，V－DAY發起投票登記和教育計畫，鼓勵女性出來投票，提升大眾對女性受暴議題的重視。三十一個州的V－DAY社會運動者一起努力，鼓勵大家「投暴力終止一票」。超過六百一十三個校園參與大學宣傳活動，超過三百五十八個城市參與世界宣傳活動，在五十個國家演出二千六百場義演。

二〇〇五年

烏干達當局禁止已經定好日期的V－DAY活動。活動組織者引起國內及國際媒體報導，提升大眾意識，讓大家更瞭解非洲和全球對女性施暴的議題。

在三月八日的國際婦女節，冰島總統在家招待伊芙和V－DAY達古（Dagur）團隊；總統奧拉維爾・拉格納・格里姆松（Ólafur Ragnar Grímsson）得到第一枚「陰道戰士總統」獎章。

四月，布魯塞爾首次舉行區域性的歐洲V－DAY工作坊，五十五位V－DAY組織者代表十八個國家出席。《陰道獨白》以多國籍、多語言的明星陣容演出，募款捐給歐洲強暴危機網絡（Rape Crisis Network Europe）、受暴女性庇護聯盟（Solidarité Femmes et Refuge pour Femmes Battues）以及伊拉克的女性自由組織（Organization of Women's Freedom）。

七月十八日，貝亞特希望之家（Bayat Hawa）成立了，這是埃及第一所為家暴受害婦女和兒童建立的安全之家，由女性發展及促進協會（Association for the Development & Enhancement of Women）創立，提供受到家暴創傷的女性和兒童廣泛的服務，同時提倡民眾意識，與媒體、政策制定者和社區領袖對話，討論暴力議題。

七月，V－DAY在黎巴嫩貝魯特（Beirut）開始了卡拉馬計畫，由V－DAY特別代表希巴克・奧斯蒙（Hibaaq Osman）負責領導。在阿拉伯語裡，卡拉馬的意思是「尊嚴」。卡拉馬計畫涵蓋的區域包括埃及、黎巴嫩、約旦、巴勒斯坦、摩洛哥、阿爾及利亞、敘利亞、蘇丹和突尼西亞，以終止中東地區對女性的暴力為目標。卡拉馬集結了政治、經濟、健康、藝術及文化、教育、媒體、法律和宗教界的女性社運人士，提供機會，重建阿拉伯女性非政府組織之間的合作，並吸收新的同盟組織。

艾格妮絲・帕瑞里歐被選為聯合國肯亞年度人物，因為她為了反抗女性生殖器閹割與幼年婚姻，創立了第一所V－DAY女孩安全之家。

十一月二十二日，長期推動健康與識字教育的馬拉賴・荷亞（Malalai

Joya）以二十七歲之齡當選阿富汗國會議員。荷亞和V－DAY合作，並在國際V－DAY活動中代表阿富汗婦女發言。

超過六百八十九個校園參與大學宣傳活動，超過三百七十八個城市參與世界宣傳活動，總共在五十四個國家舉辦超過二千八百場義演。

二〇〇六年

V－DAY參與國際為慰安婦呼籲公義和賠償的行動（請參考第二百二十九頁的註釋）。

二月十三、十四日，V－DAY卡拉馬計畫邀請來自九個阿拉伯國家的三十五位女性社會運動者，參加在約旦安曼舉辦的工作坊。

三月，奈洛比國會首度公開辯論國會議員恩喬奇・恩敦古（Njoki Ndungu）草擬的性侵法案。恩敦古是V－DAY的長期支持者。

五月，伊芙協助卡崔娜戰士（一群紐奧良基層社會運動者組成的網絡）邀請了一千多人聚集在杜蘭大學（Tulane University）的麥克阿里斯特演講廳（McAlister Auditorium），一起說故事、唱歌，為紐奧良區域反虐待聯盟（New Orleans regional Alliance Against Abuse, NORAA）募款，並點燃了社區對話，討論如何重建紐奧良，讓新的大紐奧良地區成為對女性和女孩更健康、更安全的地方。

六月二日、三日，V－DAY組織者桑帕・康娃－衛爾奇（Sampa Kangwa-Wilkie）在尚比亞的路沙卡（Lusaka）舉辦第一次的V－DAY演出。全場客滿，募得超過四千七百元美金捐給當地組織。看板、報紙、廣播和電視節目四處宣傳這場義演。國會議員和其他名人都參加了演出後的座談會。

六月，V－DAY開始了「直到暴力終止：紐約市」長達兩週、遍布整個城市的活動，包括劇場表演、讀劇、社區活動，提升紐約人對女性受到暴力對待的關注。這項活動得到市長和地方企業的強力支持，四場大帳篷的演出都客滿了，並舉行了七十場地方性募款活動，有數千人參加。紐約市支持在大眾運輸工具上進行提昇群眾意識的宣傳活動，將訊息帶給幾百萬紐約居民。

十二月，伊芙訪問了丹尼斯．穆克維吉醫師（Dr. Denis Mukwege）——剛果共和國布卡武潘吉轉診醫院（Panzi General Referral Hospital）的創辦者和主持人——討論剛果以及其他地方的性暴力，以及如何防治、如何影響並改變政策。

《美麗佳人》宣布V－DAY為世界最佳慈善機構第二名，特別提到百分之九十三V－DAY募得的款項都直接用於終止對婦女與女孩的暴力。

超過六百九十三個校園參與大學宣傳活動，超過四百零六個城市參與世界宣傳活動，總共在五十八個國家舉辦超過三千場義演。

二〇〇七年

一月，V－DAY選擇「重建和平」（Reclaiming Peace）為主題，並以「衝突地區的女性」（Women in Conflict Zones）做為聚光燈計畫的內容。

二月二十一日，V－DAY、《魅力》雜誌（*Glamour*）和好萊塢女性合作，在奧斯卡金像獎頒獎典禮之前的一場活動上，頌揚在衝突地區致力於和平工作的陰道戰士們。主持人是辛蒂．賴夫（Cindi Leive）和寶拉．華格納（Paula Wagner），共同主持的包括羅莎里奧．道森（Rosario Dawson）、莎莉．菲爾德（Sally Field）、珍．方達（Jane Fonda）、莎爾瑪．海耶克（Salma Hayek）、瑪麗莎．托梅（Marisa Tomei）和凱莉．華盛頓（Kerry Washington）。這個活動要表揚：獅子山（Sierra Leone）的瑪格麗特．海亞（Margaret Jayah），性奴役的倖存者；海地女人署（Ministry for Women）幕僚長米莉安・莫雷特（Myriam Merlet）；阿富汗女性革命協會（Revolutionary Association of Women of Afghanistan）的佐雅（Zoya）。

四月，伊芙到了淪陷於政治暴力數十年的海地。V—DAY決心和海地女性事務與權益（Women's Affairs and Rights）部長瑪麗—勞倫斯・喬瑟琳・拉西葛（Marie-Laurence Jocelyn Lassègue）合作，開設V—DAY海地姐妹安全之家（V-Day Haiti Sorority Safe House），並幫助艾爾維爾・尤金（Elvire Eugène）在海地角購買一座安全之家。

六月，伊芙和攝影師寶拉・艾倫（Paula Allen）一起到剛果共和國布卡武拜訪丹尼斯・穆克維吉醫師和潘吉醫院，看到被強暴而產生瘻管的婦女和年輕女孩如何經歷救回一命的手術。

《回憶、獨白、吶喊、祈禱：為了終止對婦女及女孩的暴力而寫》出版了。V—DAY和文化計畫（Culture Project）在紐約舉辦了兩場朗讀會，朗讀成員包括麥可・康寧漢（Michael Cunningham）、凱西・安格爾（Kathy Engel）、卡蘿・吉莉根（Carol Gilligan）、海瑟・古德曼（Hazelle Goodman）、卡蘿・米雪爾・卡普蘭（Carole Michèle Kaplan）、米凱爾・克連（Michael Klein）、詹姆斯・萊西斯尼（James Lecesne）、琳・諾特其（Lynn Nottage）、馬克・馬托西克（Mark Matousek）、溫特・米勒（Winter Miller）、派翠西亞・波斯沃斯（Patricia Bosworth）、伊麗莎白・萊瑟（Elizabeth Lesser）、蘇珊・米勒（Susan Miller）、瑪麗莎・托美（Marisa Tomei）和奧莉維亞・威爾德（Olivia Wilde）。在聖塔菲，珍・方達、阿里・麥克葛勞（Ali MacGraw）、瓦爾・其爾莫（Val Kilmer）和其他知名演員也舉辦了朗讀會，捐助V－DAY。

V－DAY和韓國議會一起安排了慰安婦的巡迴演講，緊接著的七月，美國眾議院通過議案，要求日本對日軍於一九三二年到一九四五年強行徵召為性奴隸的倖存慰安婦道歉。此議案讓慰安婦遭受日本士兵綁架和連續強暴獲得正式承認的目標又向前邁進一步。

超過一百萬的民眾參與了「直到暴力終止：俄亥俄州東北部戲劇節」（Until the Violence Stops: Northeast Ohio，從二〇〇六年六月的「直到暴力終止：紐約戲劇節」延伸而來），讓大家更瞭解當地為了終止對婦女和女孩的暴力所做的努力。

八月，剛果共和國女性、V－DAY和聯合國兒童基金會（UNICEF）一起發起「終止強暴我們最大的資源，將力量還給剛果婦女及女孩」（Stop Raping Our Greatest Resource: Power to the Women and Girls of the Democratic Republic of Congo）。這是一項兩年計畫，呼籲剛果東部有系統的強暴女性事件停止，並懲罰加害者。

「直到暴力終止：肯塔基州戲劇節」（Until the Violence Stops: Kentucky）

將Ｖ－ＤＡＹ的訊息帶到全州各地的舞台上，共有一百多萬人次參與，讓大家更意識到婦女和女孩遭受的暴力。

九月十四日到十六日，Ｖ－ＤＡＹ和位於紐約州蘭貝克（Rhinebeck）的奧米加學院（Omega Institute）合作舉辦「女性、力量、和平」活動（Women, Power, and Peace）。五位諾貝爾得獎人希林・伊巴迪（Shirin Ebadi）、旺加里・馬塔伊（Wangari Maathai）、里戈卓塔・門楚・圖姆（Rigoberta Menchú Tum）、貝蒂・威廉斯（Betty Williams）、喬迪・威廉斯（Jody Williams）與珍・方達、娜塔莉・莫琴特（Natalie Merchant）以及許多各行各業的卓越女性齊聚一堂，討論女性、力量、和平之間的關係。

九月十七日，伊芙和克里絲汀・舒勒・迪區維爾（Christine Schuler Deschryver）一起主持活動。克里絲汀是文化計畫在剛果東部努力不懈的女性代言者。收入捐給Ｖ－ＤＡＹ和聯合國兒童基金會的合作計畫，支援剛果東部的地方組織。

超過七百個學校舉辦參與大學宣傳活動，超過四百個城市參與世界宣傳活動，總共在五十八個國家舉辦了超過三千場義演。

感謝詞

有太多極為優秀的人在本劇誕生過程中提供協助，並在世界各地讓此劇持續演出。我要感謝勇敢的人們，讓此劇和我到他們的家鄉演出，進入大學、登上劇場：派特·克蘭姆（Pat Cramer）、莎拉·拉斯金（Sarah Raskin）、傑洛·布雷茲·拉比達（Gerald Blaise Labida）、豪伊·巴蓋多納茲（Howie Baggadonutz）、卡蘿·艾森堡（Carole Isenberg）、凱瑟琳·卡門（Catherine Gammon）、琳·哈丁（Lynne Hardin）、蘇珊·派達克（Suzanne Paddock）、羅賓·赫許（Robin Hirsh）和卡里·果德（Gali Gold）。

特別要感謝史蒂夫·提勒（Steve Tiller）和克里夫·佛拉爾（Clive Flowers）呈現了精彩的英國首演，也要感謝拉達·波瑞克（Rada Boric）將此劇帶到札格拉布（Zagreb）[26]優雅的演出，以及成為我的好姐妹。祝福札格拉布戰爭女性受害者中心（Center for Women War Victim in Zagreb）慷慨強壯的女人們。

我想謝謝紐約HERE劇場非凡的人們，演出能夠成功，他們厥功甚偉：蘭迪・羅利森（Randy Rollison）和芭芭拉・布薩其諾（Barbara Busackino）對這個作品重大的奉獻與信任；溫蒂・伊凡斯・喬瑟夫（Wendy Evans Joseph）精彩的舞台設計和慷慨大度；大衛・凱利（David Kelly）；海瑟・卡森（Heather Carson）性感、大膽的燈光設計；艾利克斯・艾文斯（Alex Avans）和金姆・克夫根（Kim Kefgen）的耐性和完美，以及每天晚上陪我跳酷奇斯洛切之舞[27]。

我要感謝羅伯特・里文森（Robert Levithan）的信任。謝謝米雪爾・史坦格勒（Michele Steckler）一再的支持；唐・蘇馬（Don Summa）促使媒

26 札格拉布是克羅埃西亞共和國首都。

27 酷奇斯洛切是陰道的暱稱，參見一〇七頁。

體說了那個字眼，艾莉莎・索羅門（Alisa Soloman）、艾麗克西斯・格林（Alexis Greene）、蕾貝卡・米德（Rebecca Mead）、克里斯・史密斯（Chris Smith）、溫蒂・溫諾（Wendy Weiner）、《女士》雜誌（*Ms.*）、《村聲》雜誌（*Village Voice*）、《米拉貝拉》雜誌（*Mirabella*）對這齣戲如此的喜愛和尊重。

我要感謝葛羅莉亞・史坦能的美言和貢獻，她在我之前便已努力多年。還有貝蒂・道森教我們關於陰蒂的種種，開始了這一切。

我要感謝馬克・克連（Marc Klein）日復一日的努力、巨大的支持和耐性。我要謝謝卡蘿・包迪（Carol Bodie），她對我的信念支撐我度過困難的歲月，她的持續推薦讓人們不再恐懼這個作品，讓一切實現。

我要感謝薇拉・沙列特（Willa Shalit）對我的信任，以及她的才華和勇氣。她讓我的作品得以誕生，並和我一起創立了V－DAY。

我要感謝大衛・菲利浦（David Phillips）。在我需要的時候，他總是像天使一般地出現，謝謝蘿倫・羅伊德（Lauren Lloyd）帶給我波斯尼亞。謝謝瑪麗安・蕭爾（Marianne Schall）、莎莉・費雪（Sally Fisher）、女性主義者網站（Feminist.com）、V－DAY委員會。

我要感謝蓋瑞・桑夏（Gary Sunshine），他來得正是時候。

我要感謝傑出的編輯茱莉・多悠爾（Mollie Doyle）在許多場合為這本書發聲，並成為我的工作夥伴。我要感謝瑪麗蘇・如奇（Marysue Rucci）痛快接受這個計畫並協助我將它變成一本書。我要感謝維拉德出版社勇於出版這本書。

還有我幸運擁有的朋友們：寶拉・馬則爾（Paula Mazur）走了這趟偉大旅程；西亞・史東（Thea Stone）一路陪著我；還有莎法爾（Sapphire）一直推著我跨越極限。

我要感謝以下這些偉大的女性：米雪爾．麥克修（Michele McHugh）、黛比．謝克特（Debbie Schechter）、麥克希．科罕（Maxi Cohen）、茱蒂．卡茲（Judy Katz）、瓊．史坦（Joan Stein）、凱西．娜吉米（Kathy Najimy）、泰瑞．史華爾茲（Teri Schwartz）以及貝蒂（Betty）女孩們，不斷的給我愛與支持。我要感謝我的良師：瓊安．伍華德（Joanne Woodward）、雪莉．奈特（Shirley Knight）、琳．奧斯汀（Lynn Austin）和蒂娜．特娜（Tina Turner）。

我要肯定勇敢的ＳＷＰ計畫裡的女性成員，尤其是瑪麗莎（Maritza）、塔魯莎（Tarusa）、史黛西（Stacey）、伊莉莎（Ilysa）、柏琳達（Belinda）、迪尼絲（Denise）、史戴芬妮（Stephanie）、愛德溫（Edwing）、喬安（Joanne）、比佛利（Beverly）和塔汪娜（Tawana）。她們不斷的面對黑暗，不斷地堅持了下來。

我要深深的對幾百位女性表達肯定，她們讓我進入她們極為私密的所在，信任我，告訴我她們的故事和祕密。希望她們的故事能夠為漢娜（Hannah）、凱蒂（Katie）、茉莉（Molly）、阿迪薩（Adisa）、璐璐（Lulu）、艾莉森（Allyson）、奧利薇亞（Olivia）、珊米（Sammy）、伊莎貝菈（Isabella）和其他人鋪出一個自由和安全的世界。

我要感謝亞利爾．歐爾．喬丹（Ariel Orr Jordan）和我一起發想，才有了這個作品，亞利爾的善良溫柔安慰了我，也開始了這一切。

自從初版的《陰道獨白》出版之後，很多人參與了這齣劇。

謝謝喬依．迪．曼尼爾（Joy de Menil）對這個版本的洞見、熱情和細心努力，也謝謝她不斷逼我再多寫一些。

初版的《陰道獨白》出版之後，一九九九年十月三日，這齣戲登上外百老匯（Off-Broadway），在西方藝術劇院（Westside Arts Theatre）演出——《陰道獨白》的第二春。

我要感謝那次演出的主要製作人大衛・史東（David Stone），他非比尋常的遠瞻、不屈不撓的韌性、對《陰道獨白》的信心，將《陰道獨白》一直推向全世界。我尤其要感謝他毫不猶豫的跳進來參與V－DAY運動，並找到用票房收入支持V－DAY運動的方法。

我要感謝喬・門特羅（Joe Mantello）銳利的眼光、理解和精彩的導演功力。他讓我不至於過於嚴肅的看待自己，並說服我脫掉我的鞋子。

我要感謝艾比・艾普史坦（Abby Epstein），她體貼、有智慧、纖細敏感地指導女性演出，提供最佳支持。

我要感謝妮娜・艾斯門（Nina Essman）對《陰道獨白》的信念、驚人的貢獻。她還幫我找到了一件洋裝。

感謝艾瑞克・史諾爾（Eric Schnall），如此和藹、有愛心、聰明，對更廣大的社群伸出援手。

我要感謝巴伯・凡奈爾（Bob Fennell），他將《陰道獨白》帶給世界時展現的優雅和尊嚴。

我要感謝羅伊・阿席納斯（Loy Arcenas）做出神奇的陰戶帷幕，也謝謝他對完美與優雅的獨到眼光；比佛利・艾蒙斯（Beverly Emmons）驚人的粉紅色、紅色和紫色盛裝，她的舞台燈光設計讓我同時感到柔弱和兇猛。

我要感謝巴納比・哈里斯（Barnaby Harris）讓我打盹、並在演出前瘋狂打轉，感謝他的強韌和他帶給我的保護。

謝謝莎爾・諾里斯（Shael Norris）充滿了愛的巧手，幫我上陰唇模樣的眼影、不斷與我的亂髮奮鬥，以及她全然的關懷與善意。

我要感謝蘇珊・瓦哥（Susan Vargo）重大的努力與貢獻、她的包容慷慨，以及拯救了我的背部按摩。謝謝米雪兒・包爾（Michelle Bauer）冬天烤的好吃的楓糖餅乾，還逗我笑。

《陰道獨白》能有今天，還要感謝許多許多的人，他們在戲院裡或戲院外為這齣戲努力奮鬥。我要感謝多明尼克・沙克（Domonic Sack）、喬・帕匹（Joel Pape）、容・葛利芬（Jung Griffin）、羅伯・康納佛（Rob Conover）、亞瑟・路易斯（Arthur Lewis）、吉姆・山謬曼（Jim Semmelman）、凱倫・摩爾（Karen Moore）、安娜・赫夫曼（Anna Hoffman）、丹・馬克里（Dan Markley）、麥克・史齊柏（Mike Skipper）、阿拉卡集團（The Araca Group）、艾咪・馬力諾（Amy Merlino）、派區克・卡如羅（Patrick Carullo）、艾莉卡・丹尼斯（Erica Daniels）、彼德・亞斯金（Peter Askin）、泰瑞・伯恩（Terry Byrne）、艾力克・歐斯伯恩（Eric Osburn）、羅素・歐文（Russell Owen）、蘇珊・阿伯特（Suzanne Abbott）、羅伯特・佛提爾（Robert Fortier）、小湯瑪斯・泰里（Thomas M. Tyree, Jr.）、瑪麗莎・姚

（Marissa Yoo）、凱特・蘇利文（Kate Sullivan）、查德・萊恩・明斯（Chad Ryan Means）、查理・查夫（Charlie Chiv）、唐諾・巴克・羅伯特斯（Donald "Buck" Roberts）、比爾・巴特勒（Bill Butler）、大衛・卡羅德諾（David Kalodner）、東尼・里柏（Tony Lipp）、喬許・波洛克（Josh Pollack）、蓋瑞・葛須（Gary Gersh）、賴利・托比（Larry Taube）和蘇・里柏曼（Sue Liebman）。

我要感謝所有的演員，慷慨而精彩地演出《陰道獨白》。我很感謝她們的驚人才華，以及願意且渴望終止對女性的暴力。

關於《陰道獨白》十周年

很多人現在都成為V－DAY家庭的一員了。我要謝謝艾莉森・普勞提（Allison Prouty）、東尼・梅爾桂爾（Tony Melchior）、喬・摩根（Joan Morgan）、阿曼達・馬提奈提（Amanda Martignetti）和JFM 2 28的全體成員、海里特・紐曼—里夫（Harriet Newman-Leve）、布萊爾・葛雷瑟（Blair Glaser）、克里斯敦・柯提里亞（Kristen Cortiglia）、普利亞・帕默爾（Priya Parmar）、傑瑞・琳・菲爾德（Jerri Lynn Fields）、安德魯・沙利特（Andrew Shalit）、亨妮・哈里斯（Honey Harris）、傑德・廣傑斯（Jade Guanchez）、阿薩・威爾（Asha Veal）、阿力克斯・派提（Alex Petti）、卡珊卓・戴爾・維西歐（Cassandra Del Viscio）、溫蒂・珊克（Wendy Shanker）、凱瑟琳・

威斯林（Katerine Wessling）、艾瑪．邁爾斯（Emma Myles）、羅倫．威克思勒—赫爾恩（Lauren Wexler-Horn）、珍奈特．亞伯拉姆斯（Janet Abrams）、阿里．薩克斯（Ali Sachs）、芭芭拉．史匹羅（Barbara Spero）、布萊恩．麥克藍登（Brian McLendon）、唐達．馬敦（Tonda Marton）、戲劇家服務（Dramatists Play Service）、莎拉．威爾（Sarah Vail）和艾拉．戈丁（Ella Golding）。

感謝一九九八年紐約市聚集在我公寓裡的一群女人。當時誰會知道它將成為這個全球運動的開端呢？

感謝凱倫．歐柏爾（Karen Obel）發想並開始了大學宣傳活動。

28 Joan F. Morgan 創設的活動企劃公司，專門為非營利團體企劃、組織、執行宣傳或募款活動，現在名稱為The JFM Group LLC。

感謝成千上萬的男男女女，在大學校園和社區中站出來，打破禁忌，擁抱陰道，發揚V－DAY精神。

感謝所有支持V－DAY的捐助者、公司和基金會，你們懂得V－DAY，不害怕，協助我們把它發揚光大。

感謝夏洛特・西迪（Charlotte Sheedy）、喬治・蘭恩（George Lane）和創意藝術家經紀公司（CAA，Creative Artists Agency）的全部成員、南西・羅斯（Nancy Rose）和法蘭克・希爾瓦吉（Frank Selvaggi）與我站在同一戰線。

感謝我的編輯南西・米勒（Nancy Miller）的遠見與信心，感謝李・貝瑞斯佛特（Lea Beresford）讓這一切得以發生。

感謝蘇珊・西莉亞・史旺（Susan Celia Swan）以她全部的心力、熱情和智慧陪伴我度過了這十年。

感謝東尼・蒙特尼艾里（Tony Montenieri）讓我的生活過得下去。

我要感謝V－DAY令人讚嘆的核心工作團隊——蘇珊·西莉亞·史旺、東尼·蒙特尼艾里、西賽兒·利浦沃斯、莎爾·諾里斯、波娃·潘戴、毛莉·卡瓦齊（Molly Kawachi）、艾米·史桂爾思（Amy Squires）、凱特·費雪（Kate Fisher）、布萊恩·瓦許（Brian Walsh）、瓊·艾文斯（Jaune Evans）和希巴克·奧斯蒙——感謝她們為終止對婦女和女孩施暴的奉獻和決心。

我尤其要感謝希巴克·奧斯蒙的勇敢和遠見，將V－DAY帶進了中東。

我也要感謝V－DAY董事會（V-Board）一直支持這個運動，並為之不斷付出：珍·方達、派特·米契爾（Pat Mitchell）、梅樂蒂·赫布森（Mellody Hobson）、艾琳·柴肯（Ilene Chaiken）、羅莎里奧·道森、凱莉·羅斯（Cari Ross）、凱莉·華盛頓、莎爾瑪·海耶克、卡蘿·布萊克（Carole Black）、琳達·波普（Linda Pope）和艾蜜莉·史考特·波查拉克（Emily Scott Pottruck）。

感謝我的好朋友們，你們支持我，也啟發了我：寶拉・艾倫、金姆・羅森（Kim Rosen）、茱蒂・可克朗（Judy Corcoran）、布蘭達・柯林（Brenda Currin）、馬克・馬托西克、詹姆斯・萊西斯尼、克里夫・佛拉爾、戴安娜・迪・維格（Dianna de Vegh）、派特・米契爾、珍・方達、拉達・波瑞克、妮可萊塔・比利（Nicoletta Billi）和瑪莉－西塞爾・里諾德（Marie-Cécile Renauld）。

感謝我的母親克莉斯（Chris）、弟弟寇帝斯（Curtis）和妹妹勞菈（Laura）。

感謝我的兒子迪倫教我愛是什麼；感謝我的媳婦希娃；感謝我美麗的孫女蔻蕾和夏洛特（Charlotte）。

作者介紹

伊芙．恩斯勒（Eve Ensler）是國際知名的劇作家，舞台作品包括《漂浮蘿達和黏膠男人》（*Floating Rhoda and the Glue Man*）、《檸檬汁》（*Lemonade*）、《必要目標》（*Necessary Targets*）、《好身體》（*The Good Body*）。她也寫過一本政治回憶錄《終於不安全了》（*Insecure at Last*）。恩斯勒是V－DAY（www.vday.org）的創始人和藝術總監。V－DAY的創立受到《陰道獨白》（*The Vagina Monologues*）的啟發，是全球性的社會運動，目標在於終止對婦女和女孩的暴力。由V－DAY組織的《陰道獨白》的演出，已經為全球「終止對婦女和女孩施暴」的社會運動募得超過一億美元款項。伊芙．恩斯勒現居紐約。

延伸閱讀

- 《第二性》（*Le Deuxième Sexe*）（2013），西蒙·德·波娃（Simone de Beauvoir），貓頭鷹。
- 《與狼同奔的女人》（*Women Who Run With the Wolves: Myths and Stories of the Wild Woman Archetype*）（2012），克萊麗莎·平蔻拉·埃思戴絲（Clarissa Pinkola Estes），心靈工坊。
- 《女性主義經典》（1999），顧燕翎，鄭至慧主編，女書文化。
- 《女性新心理學》（*A New Psychology of Women*）（1997），珍·貝克·密勒（Jean Baker Miller），女書文化。
- 《三個原始部落的性別與氣質》（*Sex and temperament in three primitive societies*）（1995），瑪格麗特·米德（Margaret Meed），遠流。

聽天使唱歌

作者—許佑生
定價—250元

在《晚安，憂鬱》出版之後，許佑生得到許多讀者朋友及憂鬱症患者的回響。然而一年來，作者依然在自殺的吸引力中浮沉。很幸運地，他一次又一次地化解了自殺的危機，並將這一段日子以來親身的種種經歷，寫成本書。這本書反映的是憂鬱症復原過程中的局部真相，許佑生忠實地記錄了自己如何逐步修復人生觀、價值觀，朝著一個比較能夠自保平安的境界努力。

揚起彩虹旗

【我的同志運動經驗，1990-2001】

主編—莊慧秋
作者—張娟芬、許佑生、二哥、陳俊志等　定價—320元

這是華人社會第一次如此直接面對同志的聲音，也是同志族群有史以來的集結和相認。這風起雲湧的十年，也是酸甜苦辣、百感交集的十年。本書邀請了三十位長期關心、參與同志運動的人士，一起回看曾經走過的足跡。這是非常珍貴的回憶，也是給下一個十年的同志運動，一份不可不看的備忘錄。

終於學會愛自己

【一位婚姻專家的離婚手記】

作者—王瑞琪
定價—250元

知名的婚姻諮商專家王瑞琪，藉由忠實記錄自己的失婚經驗，讓有同樣經歷的讀者，能藉由她的故事，得到經驗的分享與共鳴。

太太的歷史

作者—瑪莉蓮・亞隆
譯者—何穎怡　定價—480元

這本西方女性與婚姻的概論史淋漓盡致地呈現了平凡女性的聲音，作者瑪莉蓮・亞隆博覽古今，記錄婚姻的演化史，讓我們了解其歷經的集體變遷，以及妻子角色的轉變過程，是本旁徵博引但可口易讀的好書。

以畫療傷

【一位藝術家的憂鬱之旅】

作者—盛正德
定價—300元

……此刻我把繪畫當成一條救贖之道、一段自我的療程，藉著塗抹的過程，畫出真實或想像的心裡傷痕，所有壓抑也靠著畫筆渲洩出來。我藉由繪畫來延續隨時會斷裂的生命與靈魂、來找到活下去的理由。……

跟自己調情

【身體意象與性愛成長】

作者—許佑生
定價—280元

身體是如何被眾多的禁忌所綑綁？要如何打破迷思，讓屬於身體的一切都更健康自然？本書帶領讀者以新的角度欣賞自己的身體，讓人人都可以擺脫傳統限制，讓身體更輕鬆而自在！

學飛的男人

作者：山姆．金恩
譯者：魯宓　定價：280 元

山姆．金恩是美國知名作家、男性運動領導人物，雖然事業有成，生命卻仍有困惑。在六十二歲生日前夕，童年的召喚叫醒了深藏的衝動——他去報名舊金山馬戲團藝術學校的空中飛人課程，成了最老的學生……

心靈工坊 PsyGarden

生命長河，如夢如風，
猶如一段逆向的歷程
一個掙扎的故事，一種反差的存在，
留下探索的紀錄與軌跡

Caring

眼戲

【失去視力，獲得識見的故事】

作者—亨利．格倫沃
譯者—于而彥、楊淑智　定價—180元

慣於掌握全球動脈的資深新聞人，卻發現自己再也無法看清世界樣貌……這突如其來的人生戲碼，徹底改變他對世界的「看」法。

空間就是權力

作者—畢恆達
定價—320元

空間是身體的延伸、自我認同的象徵，更是社會文化與政治權力的角力場。因此，改變每日生活空間的行動，就成了賦予自己界定自我的機會，形塑空間就是在形塑我們的未來。

希望陪妳長大

【一個愛滋爸爸的心願】

作者—鄭鴻
定價—180元

這是一位愛滋爸爸，因為擔心無法陪伴女兒長大，而寫給女兒的書……

難以承受的告別

【自殺者親友的哀傷旅程】

作者—克里斯多福．路加斯、亨利．賽登
譯者—楊淑智　定價—280元

自殺的人走了，留下的親友則歷經各種煎熬：悔恨、遺憾、憤怒、自責、怨懟……漫漫長路，活著的人該如何走出這片哀傷濃霧？

晚安，憂鬱—我在藍色風暴中（修訂版）

作者—許佑生
定價—250元

正面迎擊憂鬱症，不如側面跟它做朋友。跟憂鬱症做朋友，其實就是跟自己做朋友。

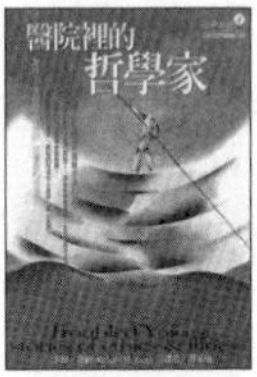

醫院裡的哲學家

作者—李察．詹納
譯者—譚家瑜　定價—260元

作者不僅在書中為哲學、倫理學、醫學做了最佳詮釋，還帶領讀者親臨醫療現場，實地目睹多位病患必須痛苦面對的醫療難題。

與愛對話

作者—伊芙．可索夫斯基．賽菊寇
譯者—陳佳伶　定價—320元

酷兒理論大師賽菊寇以特異的寫作風格——結合對話、詩和治療師的筆記——探索對致命疾病的反應、與男同志友人的親密情誼、性幻想的冒險場域，以及她投入佛教思想的恩典。

愛他，也要愛自己

【女人必備的七種愛情智慧】

作者—貝芙莉．英格爾
譯者—楊淑智　定價：320元

本書探討女性與異性交往時，如何犧牲自己的主體性和自尊，而錯失追求個人成長的機會。作者累積多年從事女性和家庭諮商的經驗，從心理學、社會學和生物學方面探討問題的根源。

瘋狂天才

作者—傑米森
譯者—王雅茵、易之新　定價—320元

這本書是關於躁鬱症和藝術氣質兩者間關係的迷人研究，作者結合精神醫學的理性與藝術的感性，以嶄新而意想不到的方式解析創造的過程。

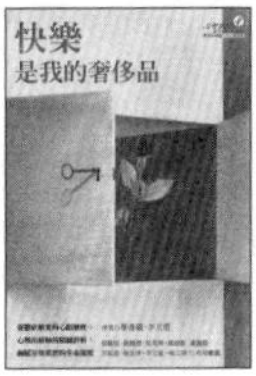

快樂是我的奢侈品

作者—蔡香蘋、李文瑄
定價—250元

本書藉由真實的個案故事，輔以專業醫學知識，從人性關懷的角度來探討憂鬱症患者的心路歷程，讓人對此一病症有更進一步的了解，能以同理心去感受病友的喜怒哀樂，為所有關心生命、或身受憂鬱症的朋友開啟了一扇希望之窗。

心靈工坊 PsyGarden
Caring 082

《陰道獨白》——V-Day運動十周年紀念版

The Vagina Monologues: 10th Anniversary Edition

作者—伊芙・恩斯勒（Eve Ensler）　譯者—丁凡，喬色分

出版者—心靈工坊文化事業股份有限公司
發行人—王浩威　總編輯—王桂花
執行編輯—陳乃賢　特約編輯—鄭秀娟　內頁排版—李宜芝
通訊地址—10684台北市大安區信義路四段53巷8號2樓
郵政劃撥—19546215 戶名—心靈工坊文化事業股份有限公司
電話—02）2702-9186　傳真—02）2702-9286
Email—service@psygarden.com.tw　網址—www.psygarden.com.tw

製版・印刷—漾格科技股份有限公司
總經銷—大和書報圖書股份有限公司
電話—02）8990-2588　傳真—02）2990-1658
通訊地址—248新北市新莊區五工五路二號
初版一刷—2014年8月　ISBN—978-986-357-010-3　定價—360元

Published in the United States by Villard Books, an imprint of The Random House Publishing Group, a division of Random House, Inc.
Originally produced by HOME for Contemporary Theatre and Art at HERE, Randy Rollison, artistic director, and Barbara Busackino, producing director, in association with Wendy Evans Joseph. Produced Off-Broadway by David Stone, Willa Shalit, Nina Essman, Dan Markley/Mike Skipper, and the Araca Group.
This translation published by arrangement with Villard Books, an imprint of Random House, a division of Random House LLC

國家圖書館出版品預行編目資料

陰道獨白 / 伊芙.恩斯勒(Eve Ensler)著. -- 初版. -- 臺北市 : 心靈工坊文化, 2014.08
面；　公分
十周年紀念版

譯自 : The vagina monologues

ISBN 978-986-357-010-3(平裝)

874.55　　103013761

心靈工坊 PsyGarden 書香家族 讀友卡

感謝您購買心靈工坊的叢書，爲了加強對您的服務，請您詳填本卡，
直接投入郵筒（免貼郵票）或傳眞，我們會珍視您的意見，
並提供您最新的活動訊息，共同以書會友，追求身心靈的創意與成長。

書系編號－CA082　書名－《陰道獨白》——V-Day運動十周年紀念版

姓名　是否已加入書香家族？□是 □現在加入

電話（公司）　（住家）　手機

E-mail　生日　年　月　日

地址 □□□

服務機構／就讀學校　職稱

您的性別一□1.女 □2.男 □3.其他

婚姻狀況一□1.未婚 □2.已婚 □3.離婚 □4.不婚 □5.同志 □6.喪偶 □7.分居

請問您如何得知這本書？

□1.書店 □2.報章雜誌 □3.廣播電視 □4.親友推介 □5.心靈工坊書訊
□6.廣告DM □7.心靈工坊網站 □8.其他網路媒體 □9.其他

您購買本書的方式？

□1.書店 □2.劃撥郵購 □3.團體訂購 □4.網路訂購 □5.其他

您對本書的意見？

封面設計	□ 1.須再改進	□ 2.尚可	□ 3.滿意	□ 4.非常滿意
版面編排	□ 1.須再改進	□ 2.尚可	□ 3.滿意	□ 4.非常滿意
內容	□ 1.須再改進	□ 2.尚可	□ 3.滿意	□ 4.非常滿意
文筆／翻譯	□ 1.須再改進	□ 2.尚可	□ 3.滿意	□ 4.非常滿意
價格	□ 1.須再改進	□ 2.尚可	□ 3.滿意	□ 4.非常滿意

您對我們有何建議？

□ 本人＿＿＿＿＿＿（請簽名）同意提供真實姓名/E-mail/地址/電話/年齡/等資料，以作為心靈工坊聯絡/寄貨/加入會員/行銷/會員折扣/等用途，詳細內容請參閱：
http://shop.psygarden.com.tw/member_register.asp。

廣告回信
台北郵局登記證
台北廣字第1143號
免貼郵票

心靈工坊 PsyGarden

台北市106 信義路四段53巷8號2樓

讀者服務組　收

免　貼　郵　票

（對折線）

加入心靈工坊書香家族會員
共享知識的盛宴，成長的喜悅

請寄回這張回函卡（免貼郵票），
您就成爲心靈工坊的書香家族會員，您將可以——

⊙隨時收到新書出版和活動訊息

⊙獲得各項回饋和優惠方案